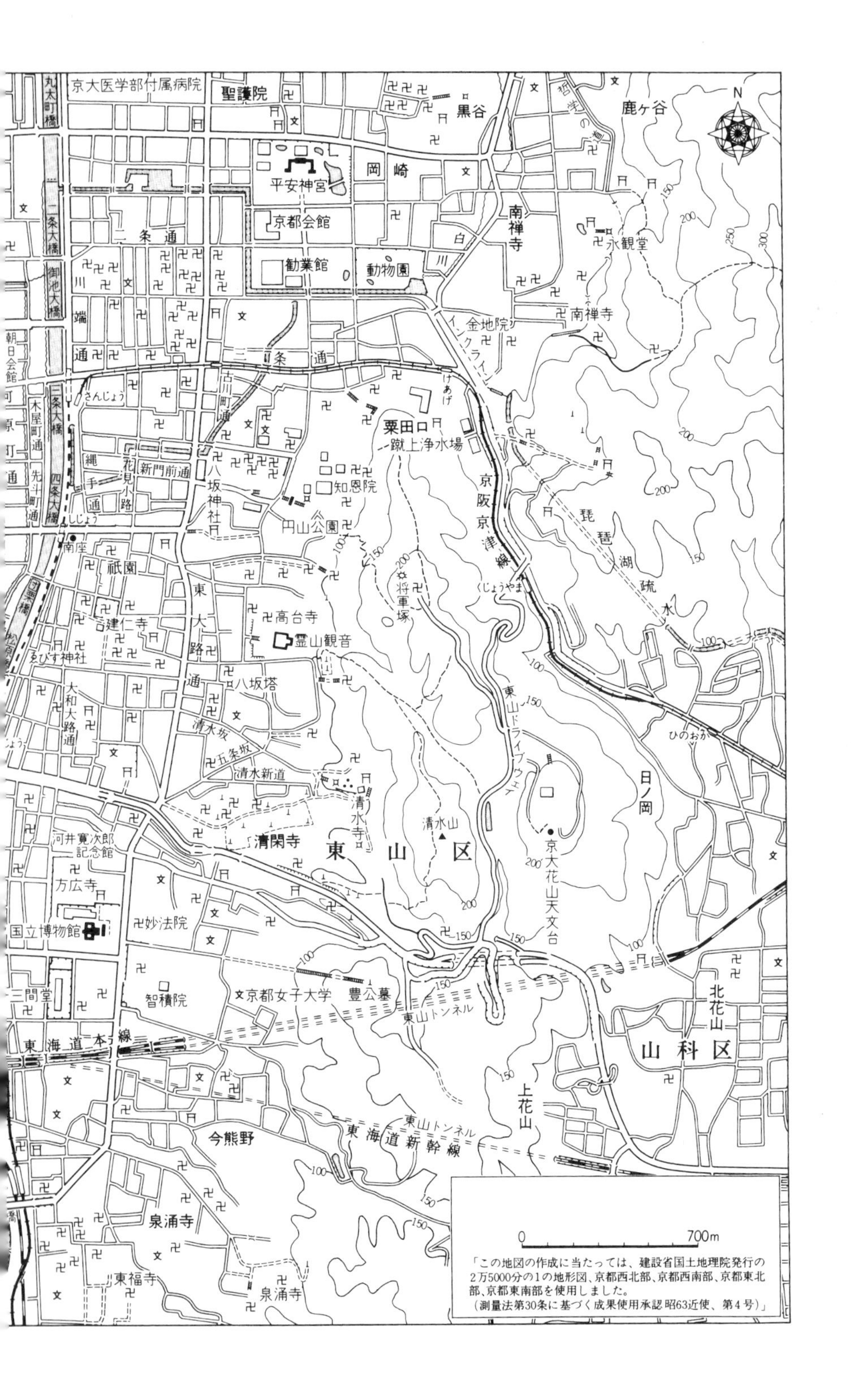
京大医学部付属病院
聖護院
黒谷
鹿ヶ谷
N
哲学の道
丸太町橋
平安神宮
岡崎
南禅寺
京都会館
二条大橋
二条通
勧業館
動物園
白川
永観堂
御池大橋
川端通
金地院
インクライン
南禅寺
朝日会館
三条通
さんじょう
古川町通
けあげ
木屋町通
三条大橋
粟田口
蹴上浄水場
縄手通
花見小路
新門前通
八坂神社
知恩院
京阪京津線
先斗町通
四条大橋
しじょう
円山公園
琵琶湖疏水
南座
祇園
将軍塚
東大路通
くじょうやま
高台寺
建仁寺
霊山観音
えびす神社
八坂塔
東山ドライブウェイ
大和大路通
清水坂
五条坂
ひのおか
清水新道
日ノ岡
清水寺
清水山
河井寛次郎記念館
清閑寺
東山区
京大花山天文台
方広寺
妙法院
国立博物館
京都女子大学
豊公墓
智積院
三間堂
東山トンネル
北花山
東海道本線
山科区
上花山
今熊野
東山トンネル
東海道新幹線
泉涌寺
東福寺
泉涌寺
0
700m
「この地図の作成に当たっては、建設省国土地理院発行の2万5000分の1の地形図、京都西北部、京都西南部、京都東北部、京都東南部を使用しました。
(測量法第30条に基づく成果使用承認 昭63近使、第4号)」

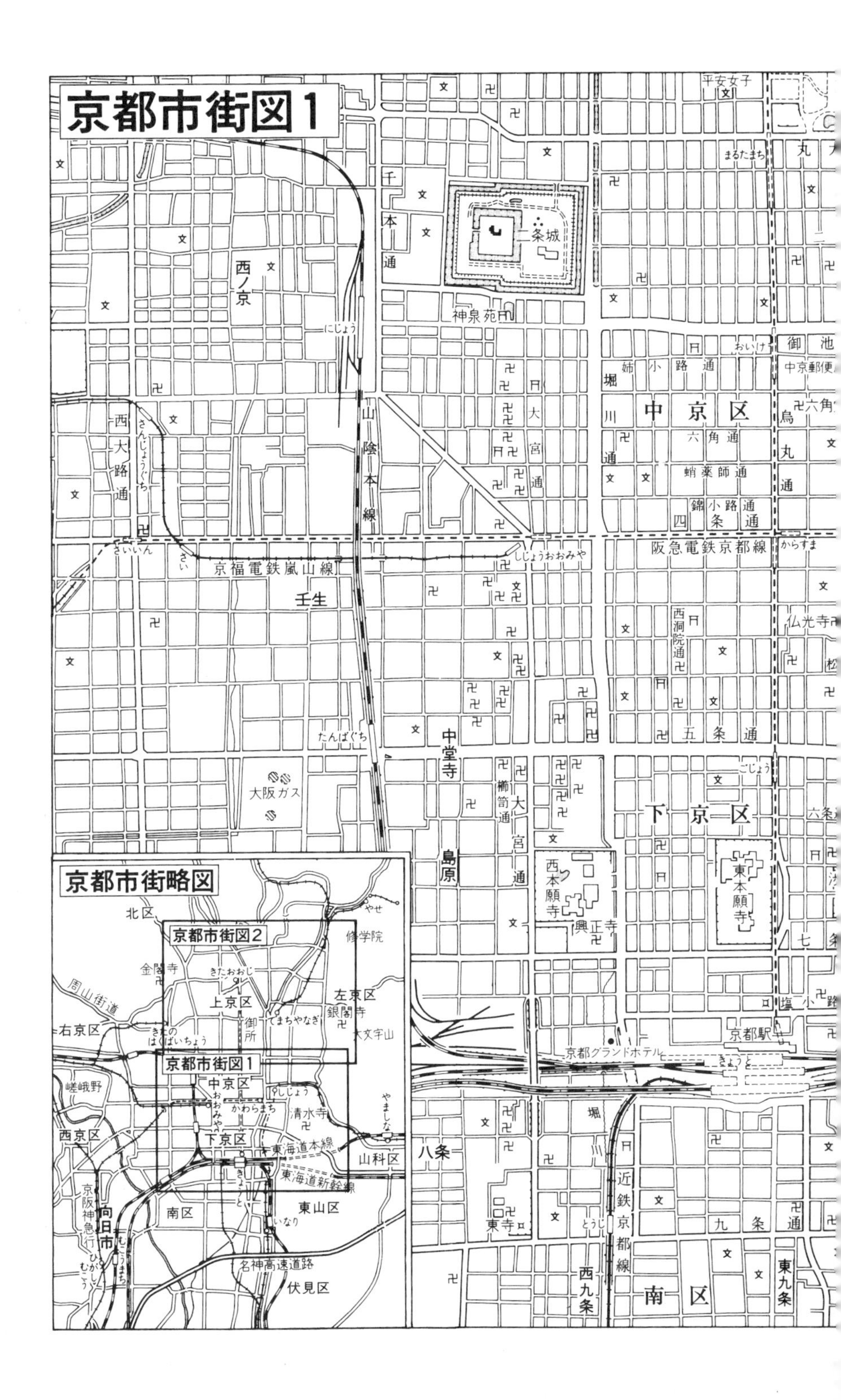
京都市街図1
二条城
神泉苑
西ノ京
千本通
西大路通
山陰本線
中京区
堀川通
大宮通
姉小路通
六角通
蛸薬師通
錦小路通
四条通
烏丸通
御池
阪急電鉄京都線
京福電鉄嵐山線
壬生
西洞院通
五条通
中堂寺
大阪ガス
櫛笥通
下京区
島原
西本願寺
興正寺
東本願寺
京都駅
京都グランドホテル
近鉄京都線
八条
東寺
九条通
南区
西九条
東九条
京都市街略図
北区
京都市街図2
修学院
金閣寺
周山街道
上京区
左京区
銀閣寺
御所
大文字山
右京区
嵯峨野
中京区
清水寺
西京区
下京区
東海道本線
山科区
東海道新幹線
京阪神急行
向日市
南区
東山区
名神高速道路
伏見区

京都的街巷人生
千年繁華
壽岳章子 著
澤田重隆 繪圖
李芷姍 譯

推薦序

# 生之歡愉的古都

唐諾

這是一部快樂回想京都的書。人的記憶其實很少能這麼純淨的快樂、這麼此生足矣之感。這是書寫者壽岳章子的愉悅性格使然呢？還是因為她有幸生活於這個美麗古都的緣故？而如此不尋常的歡快回憶啓始於她母親的辭世，仔細想想甚有道理，最親密的死亡把流光截住，經歷了一千兩百年風雨霜雪的京都遂因此停止在此時此刻這時間一點上，暫時不再變動，不再頹敗消失，這是壽岳章子一個人的《東京夢華錄》，是她手繪的〈清明上河圖〉卷軸，我們於是也可好整以暇細細來看。

因此，我也想從死亡談起，這是千年古都的眞正身世，也是它日後的歷史隱喻。

最先，建造這座都城的人是桓武天皇，但他可以說是被迫的，追趕他至此的不是人，而是死者的冤魂，其中最主要的還是他的同胞兄弟早良親王——原先日本的都城在南邊五十分鐘電車車程的奈良，但上代天皇光仁晚年一直爲鬼魂糾纏所苦，包括被他害死的妻子井上皇后和兒子戶太子，遂在驚怖中死去。桓武天皇想逃離這座鬼都，遂跑到長岡建都，偏偏又發生了一樁可大可小的宮廷陰謀，桓武天皇藉此幽禁了皇儲早良親王，讓他絕食而死，改立自家兒子爲太子，但長岡京馬上一連串怪事發生，寵妃、太后、皇后相繼暴斃，就連新太子也高燒不退險些殞命，又加上瘟疫爆發死人無數，天皇太廟伊勢神宮也一把大火幾乎燒成平地云云。內心有愧的桓武天皇於是再棄長岡往東逃，最終才在宇太村回神立足下來，這就是日後的京都。

今天，你搭阪急線由京都西行，不遠的長岡天神駅就是曾墊檔十年的昔日長岡京所在，我個人曾花了一整天地毯式行走，只找到一碗非常不錯的拉麵（需要知道地點者內洽，相談無料），京城舊址如今是一個殘破到不行的小公園，除一方標示牌外什麼也沒留下來。長岡現在以產好竹筍著稱，農家就在田邊路旁擺採收的蔬菜自助式的買取付帳，可見早已回復綠竹叢生的安靜老實模樣，連夢都不作了。

然後，一千兩百年的悠悠時光，京都於是成了整個日本最美好也最可怖的一座城市。美好，是因爲最高權力一直在此，很自然持續吸引來全日本最美好的人和物；可怖，也是因爲最高權力一直在此，更自然無休無止叫喚出人的貪欲、殘忍、陰謀、傾軋爭戰。生者和死者全擠在同一座城市之中，一齊遊蕩於同一巷閭井水之處，仕女公卿，人煙紅塵，極盡生之繁華，也滿天神佛，鬼影幢幢，揮不去死之哀傷。

也因此，時間在京都便不是透明的。連續的，一道又一道的歷史刻痕再再打斷它流水無聲的節奏，把時間的豐饒層次給具象的、實體的顯露出來——你不用時時去默記那些只存放於史書白紙黑字裡的複雜糾葛歷史如葉子之亂如源平大戰如「一揆」農民暴動如比叡山上分不清是和尚是盜匪的強悍僧兵，也不必有目的去尋訪神社古剎或到二條城觀看德川家的興亡滄桑，就算你只像個無聊觀光客在最熱鬧的四條祇園一帶瞎走，你都會時時撞見而掉落歷史的時間隙縫之中，哦，原來這就是傳說中的本能寺，織田信長貪看圍碁而丟掉天下的不祥地方（新址在寺町京極靠二條一角），這就是池田屋騷動事發之處，這就是土佐好男兒坂本龍馬深夜遇刺舊址云云；還有，清水寺下來二、三年坂交口山坡上的老料亭是昔日勤王討幕志士吃飯和密謀地點，因爲視野開闊，有幕府軍隊上山來抓人遠遠就可瞧見，從後門緩坡落跑；還有，開梅花的北野天滿宮，祭祀的是日本的學問之神菅原道眞，這個號稱全日本最有學問的智者終究敵不過現實權力的狡詐，被排擠憤懣而死……

在賈西亞．馬奎茲的小說《迷宮中的將軍》書裡有一段比較年齡的對話，結論是每一處人身上的傷疤都應該多加兩歲。如此說來，一千兩百歲的這座傷痕累累的古都，就比時間所顯示的遠遠蒼老，活在其中的人們，也一定比他們的眞實年紀要蒼老。

壽岳章子在書中說，京都人不容易激動，不容易被集體行動所召喚，不容易被各種意識形態的激情語言沖昏頭，他們會留在巷閭曲折如鰻魚的家中，透過質地良好的木頭窗框往外看，並竊竊私語云云。這是典型的老年人反應，什麼沒看過聽過經歷過？從最鼎盛的繁華到最寂寞的黃土一坯，像昔日豐臣秀吉扶病最後一次到醍醐寺賞櫻的春日出遊行列（寺門口那株最美麗的垂櫻是名畫家奧村土牛畫過的），像昔日的絕世美女天后建禮門院德子甘心終身齋居禮佛於冷清的寂光院裡，還有什麼更繁華的應許誘惑得了京都人？還有什麼更可怖的損失敗亡嚇得了京都人？

我個人這大半輩子進出京都二十回左右，只一次瞧見京都人的集體憤怒，那是因為京都大飯店蓋起了超過二十層的水泥高樓，遮擋了陽光，破壞了京都美麗的天際線，於是在每一處神社前豎立起了幾方大告示牌，不歡迎京都大飯店的觀光客入山參拜，如此而已。而老實說，那幾方告示牌的質地、美術設計和字體還眞漂亮有品味，和古樸的山寺神社半點沒衝突。

攤開地圖，京都的最原初設計是仿昔日長安城的，街道一條二條三條依序排列成整齊的格子狀，有桂川和鴨川蜿蜒其中，但這樣方塊狀的設計只是最基本骨架而已，有機生命的進展不能如此循直線往前走，它遠比這個無序、不對稱而且生動，就像天滿宮的梅花枝椏般紊亂但姿態就是好看極了。那些在一千兩百年時間裡隨人的眞實生活蔓生滲透如幽徑的曲折巷閭，才是最豐厚最深奧的京都，一個一個藏寶洞窟般讓人迷路的京都，也是壽岳章子內行人記憶裡的眞正京都，這些，即便你是那種喜歡四下亂走又兼習慣在人家牆外探頭探腦的人，都不那麼容易窺見，你得花奢侈的時間和京都相處，因為它眞的是一千兩百年十倍以上你生命的不虛度時光堆出來的，偏偏這又是我們活於焦躁世界的外來者最無力做到的。

京都的確有一種今夕何夕兮的動人紊亂，最明顯的莫過於電線桿——在祇園周遭那些老日式幽雅料亭夾岸、夜裡不時可見藝妓出遊的巷閭，偏偏美麗的吉野櫻和楊柳梢頭卻是宛如沒打掃蛛絲網的電線桿和電線。把這些礙眼的掃興東西藏到地底下難嗎？全世界沒任何一個像回事的城市覺得困難，不管是技術或經費，只有京都奇特的陷入煩惱，因為這些巷閭無法拓寬還禁不起挖掘，標準的投鼠忌器，電線桿半點不難，登天之難的是電線桿旁那一間又一間的美麗木頭房子。

一樣的，很多在其他城市毫不猶豫可享有的現代化方便成果，到了京都都得遲疑下來。像京都這樣一個嚴重依賴觀光收入的大城，它的地鐵系統極不相襯的聊備一格，只丁字形兩條幾乎無法利用的短路線（想想東京那像地底迷宮的地鐵圖）。至於鴨川以東最精采的東山神社之鄉，你只能依賴地面行走的巴士，要命是這些巴士得耐心穿梭於就那麼窄迫的巷道之中，往往比你乾脆下車來走還慢。有一年櫻花祭，我們和小說家張大春從下鴨神社一帶搭巴士回四條河原町，疲憊不堪的大春在又擠又動彈不得的巴士上當場翻臉發飆，害我們只好裝成是韓國人。

因此，我另一位在日本廣島留學的小說家兼日文翻譯家朋友吳繼文講，做為一個京都人，其實是很辛苦很需要自我平衡的。

壽岳章子書中，我印象良深是她家裡動不動全體動員大掃除那一長段回憶。我之所以不敢用

「喜歡」二字，因爲自反而縮，不寒而慄，好險沒生在這麼個恪守朱子家訓的勤奮家庭之中。但我忍不住要將壽岳家的如此行爲當成某種隱喻，當成京都人與生俱來的獨特負擔，比起我們，他們天生有另一個沉重的身分，那就是「守護者」，守護什麼呢？負責守護一個一千兩百年鑄成的龐大寶物，就像那種傳說故事裡被揀選的族裔或團體，一代一代傳下去，不僅靜態看守，必要時你還得爲你守護的聖杯、皇冠或神兵權杖拚命。

敵人是誰呢？如今敵人無時無處不在，現任首領的名字大約就叫「現代化」，一個粗疏、狂暴、醜惡不堪但的確對人性中懶怠享樂這一部分充滿誘惑力的不眠不休大敵。

做爲一個事不關己的外來者，要不喜歡京都和京都人不難，要批評那更容易，因爲政治正確的民粹語言俯拾可得，你可以講京都人矯情、京都人貴族、京都人虛張聲勢、京都人假、京都人傲慢、京都人保守固舊、京都人世故、京都人犬儒等等等等，太方便了，既無需想像力，甚至不需要有眞感覺或去過京都挨過白眼，現成的公式一套即可。

壽岳章子書中畫面，我以爲最動人莫過於她試掃帚那一幕。老闆信心滿滿交給她一把稍沉的掃帚，她只一接一揮就完全明白這是多好用的一把掃帚，製造者和使用者彼此會心不用多講一句——如此知心建構在毫不起眼但紮實無比的工匠技藝和鑑賞力上頭，穿越了時光由認眞生活的人滴水穿石而成。光有好工匠一方絕對不夠，還一定得有夠鑑賞力的使用人來守護它，否則它仍很快在現實市場的凜冽寒風中凋萎。

今天，我們可在台灣有線電視頻道中看到很多這樣專注而神奇的日本工匠，各行各業所謂的「達人」，通常就只是個上了年紀的尋常老者老婦而已。從他們口中最常講出來的一句話便是：「我把我的人生全賭在××上頭。」這個××塡充題，一樣也只是蕃茄洋蔥、蕎麥麵、醬瓜。吃煎餅的小鋼鏟、竹簍子、檜木浴桶、風箏等等尋常之物。我不知道別人對這樣太帥也不免稍稍悲憤過了頭的告白作何感想，我個人通常非常非常感動，儘管你半點也不打算把自己人生如此拋擲。

你曉得這多難？我一位技藝精湛的廚師朋友老蕭有回談到北海道名物牡丹蝦的究極美味，語重心長的說，最極品的牡丹蝦和一般品質的牡丹蝦，價格可能差到三倍以上，但眞計較兩者的味道差異可能只5％而已，更要命是這5％的微妙差異，還非得有極精緻的味覺能力才分辨得出來，因此除非特殊目的或需要，一般人實在沒必要花這邊際效益遞減的錢。

這段不祥的話告訴我們什麼？告訴我們究極技藝的脆弱性，京都的脆弱性。工匠技藝很快到達一定水平之後，再往上去就不容易得著市場的支援，兌現成相襯的經濟性利益了，因爲社會公約數的粗疏鑑賞力跟不上去，也辨識不出來。茫茫人海，也許你還是會碰到那一兩個眞正識貨的使用人如壽岳章子，貴族時代那會兒或許還可以，這一兩個決定性的人有機會讓你搖身成爲人人豔羨的御用性、指名性店家，然而到得今天的市場經濟遊戲裡，這只夠發展成相濡以沫的知心朋友，並不夠回收你悍然投注的人生。

往上去再不見市場效益支援的究極技藝得靠什麼維護不墜呢？大概就只能是某種人的耿耿信念、人的不回頭傻勁、人「自我感覺良好」的驕傲云云。如此唯心卻得持續抵禦市場唯物浪潮的顫危危位置，人於是總不免有些不自然，有些僵硬緊張，有些不近情理，有割人的鋒芒閃出來，沒辦法，因爲這是一種片刻鬆懈不起的抵抗姿勢——京都不是個和氣生財的城市，南邊庶民天堂的大阪才是。京都有著某種驅之不去的嚴肅、一絲不苟的氣息，超越了經濟利益的妥協，就像它一些店家不是你肯花大錢就進得去。也像壽岳章子這本書，它歡快，也有禮，而且語氣平易娓娓說來，但最根本處它仍是嚴肅的，是一種對美好易逝事物一步也不讓的認眞和堅持。

我個人以爲，唯有你肯忍受甚至懂得欣賞這樣的認眞、嚴肅和一絲不苟，那一個眞正的京都，包含它所有的價值和美麗，才可能像聞聽芝麻開門的魔咒般，向你沒保留的開放出來。

最美麗的京都，同時也是最脆弱、最不易留存住的京都，如同我們的青春幸福日子。你可曾注意到？壽岳章子這本書，並沒費工夫跟你誇耀細述二條城、平安神宮、清水寺、金閣寺、東寺五重塔、嵐山天龍寺、比叡山延曆寺等等五星級的京都地標景點，這些已被列爲國家文化財甚至世界人類共同遺產的寶物，反倒是京都最堅強有擋最不失落的部分。即便這座古都哪天不再繁華如夢，甚至凋敗不聞人煙，它們大概仍會得到應有的照料留存下來，就像金字塔、獅身人面像和神殿依然矗立於荒涼的沙漠中一般。

壽岳章子說來說去的，是那些讓京都仍活著的東西，也正是京都最容易變動失去的東西——那些街巷，那些店家，那些琳琳琅琅的掃帚、榻榻米、味噌、布料、拖鞋、紙張、菓子云云；以及最重要，製造它們使用它們那些一千兩百年來認眞起勁生活著的人們。我們時時意識到它們的損耗和死亡，我們這一刻仍緊握它、保護它、摩挲它，於是才覺得自己何等幸運，何等讓人寂寞的深澈幸福。

就像我們一開始就說的，這是個因死亡而開始、滿是死亡哀傷的不祥城市，也許正因爲這樣它才成爲無盡生之繁華的絕美城市。

（本文作者為文化出版人、知名作家，著作有：《唐諾推理小說導讀》、《文字的故事》、《讀者時代》等書）

# 序曲

## 繼續漫步在京都

總算是完成一本書了。懷著鬆了一口氣的心情，我又回到熟悉的京都大街，再度發現了許多有意思的街道、宏偉的住家，令我連連發出佩服的讚嘆。

由於寫作時的習慣使然，我常跟打算寫進書裡的店家閒聊，也因此往往會有「啊，這個也很不錯」之類的驚喜新發現。

突然很想買一把修剪枝葉用的剪刀，於是出發前往位於繁華的河原町四條通正中央、那間老店中的老店——「常久」。「常久」是我念女校時的同學家裡開的，以前就常聽人提起，加上店舖所在位置又十分便捷，即使在其他地方也頗負盛名；我習慣到這裡買東西。我們家裡小自指甲刀，大至菜刀，舉凡刀剪類的物品，都出自於「常久」。

從眼前各式各樣不勝枚舉的枝葉剪中挑了一把，麻煩店家幫我包裝好。結帳時偶然瞧見櫃檯後的牆上，嵌著一個看起來頗有歲數的木製櫃子，上面有許多扁扁的抽屜；與「鍵善」店裡的櫃子不太一樣，和「千坂藥舖」裡的藥櫃也不甚相似。淺抽屜是爲了方便收藏刀剪類的設計吧。

就在我對著那個古色古香的櫃子發出讚嘆時，店裡的人告訴我說：「這個櫃子可有兩百年的歷史了呢。只是抽屜實在太多，結果反而搞不清什麼東西放在哪個抽屜；實際用起來沒有想像中的方便，所以現在已經放著不用了。」不過，這個櫃子後來卻在店裡扮演起重要的裝飾角色。看著這個老舊的櫃子，我的好奇心被挑了起來，忍不住繼續追問下去：「請問你們已經是第幾代了？」「現在是第十六代了。」店家答得很順。十六代的經營，這比有著許多抽屜的古老櫃子更了不起。算一算這間店該是日本中古時代就存在了。想到這兒，腦海中不禁又浮現許多過去活躍於狂言世界的商人身影。

沿著繩手通，我往北邊疾行。不過，由於長年的習慣使然，我還是邊走邊東張西望。在這條林立著高級古董專賣店、摩登的日本料理屋及咖啡廳等的時髦商店街上，有著一間門庭寬廣卻未多加裝飾的店家。對於這間平時不經意就會錯過的「普通」店家，突然興起想進去一探究竟的衝動。心想反正手邊的白色信封剛好也用完了，於是便橫越過馬路走進那間店裡。沒有任何廣告跟裝飾，寬廣的店裡跟我想像中的一樣。紙、信封（種類倒是不少的樣子。贈金袋、婚喪喜慶用的紅白包，連過年時裝飾筷子用的紙套都一應俱全），還有一些零星的文具類。走進店裡時，裡面已經有一位女客人了。看上去似乎是住在附近，正在請店家幫她在紅包袋上題些賀辭；而那位應該是老闆娘的太太，正從箱中拿出文房四寶準備幫她題字。環視四周，發現結帳處雖然飽經歲月的洗禮，卻仍不失堂皇的氣息；天井處的橫梁亦不減豪華特色。於是，我的好奇心又被勾了起來。「請問貴店經營到現在是第幾代了？」「現在是第七代了。」老闆回答道。「哇！那這間店從江戶時代就開始經營了啊。」一邊請老闆幫我把信封包起來，一邊感嘆著。老闆還告訴我，這間店創於元祿時代，本來是做匯兌生意的商行等昔日的故事。「從前招牌的門簾長到可以碰到地板，上面是一個裡頭有著□形小孔◯形的銅錢模樣，中間則印染著一個『新』字，而店名就叫作『錢新』。後來也兼做和紙等其他生意，現在則以販售日常生活中所需的紙類製品爲主。」默默承襲、守護著自家的招牌門簾，這就是京都商人的傳統。

一九八七年，昭和六十二年的歲暮。十二月六日午後，新村[1]基金會在京都大學的樂友會館中舉辦了一個活動，並將一九八七年度的新村賞以及研究獎助金交給幾位優秀學者。儀式簡單隆重，僅邀請少數相關人士參與；會後並舉行了小小的慶祝會。就某個意義層面來說，與會的都是與新村基金會、或是與新村家有所淵源的人士。

其中一位來賓叫作「御倉屋」，是位性格獨特的京都和菓子師父。「御倉屋」先生本人十分幽默風趣，更創作出不少著名的和菓子。他的作品頗受新村教授的喜愛，以前也時常出入新村家。其和菓子作品之一「夕照」，就是由教授所命名的。麻糬外皮由淡淡的黃色到溫暖微紅的漸層，的確是不輸其名的經典作品。細心體貼的「御倉屋」先生也爲當天每位出席者準備了一份叫

「旅奴」的小點心；用和紙製的袋子細心盛裝的「旅奴」，是黑糖口味的另一名作。他開設在大德寺附近及紫野大門前的幾間和菓子舖，總讓人以爲是代代相傳的老字號；很難想像他竟是創業的第一代。京都不愧是個地靈人傑的奇妙地方，不斷的孕育出擁有百年老店實力的新生代。

這次有機會將個人在淺閱的人生中，所見所聞的京都集結成冊，內容尚不算豐富。然而日常生活的點點滴滴仍不斷在我心中累積，思緒也不斷的湧現膨脹。無論現在或是今後的每一天，我仍會實實在在的生活在京都、踩在京都的土地上。而京都悠久歷史的強大力量，也始終能與那些受到現代潮流破壞的部分相抗衡，令我驚嘆不已。我一直相信，京都是個越深入發掘就越有味道，擁有強韌生命力的都市。

另外，要特別感謝的是背著相機與畫材，努力將京都市街的神奇魅力呈現在畫紙上的澤田重隆先生，以及不斷督促鼓勵著退休後又面對如此忙碌的寫生生活、每天逼著我交出熱騰騰原稿的草思社編輯——北村正昭先生。跟兩位一起信步前往實地蒐集相關資料，也是相當愉快的經驗。

走在京都大街上，我們就不禁感嘆京都的市街實在是包羅萬象、變幻莫測！好像不自覺的就踏在歷史上。或者說，「過去」或許是個沉重的負擔，但我發現，對現代來說它卻仍不斷發揮它的功能。換個角度來看，儘管京都被認爲是歷史與傳統的象徵，但它的生產力與競爭力卻仍是無庸置疑的。

在這歷史洪流的一隅，我們家族，從大正末年延續至今。若是與京都悠長的歷史相比，恐怕只是瞬間的光芒。一代是如此短暫，像我們家這種某一天，不，是遲早有一天會消逝的小家族，更是託京都之福得以擁有如此豐富充實的人生。「眞是謝謝妳了，京都！」我暗自如此想著。

這本書可算是我的人生側寫，藉此機會，我也要再次向那些曾經站在京都這塊土地的人們致上最深的敬意。

一九八七年年末　壽岳章子

譯注

1新村出：1876~1967，語言學、日語學家。編制有日本最大的辭典《廣辭苑》。

# 目錄

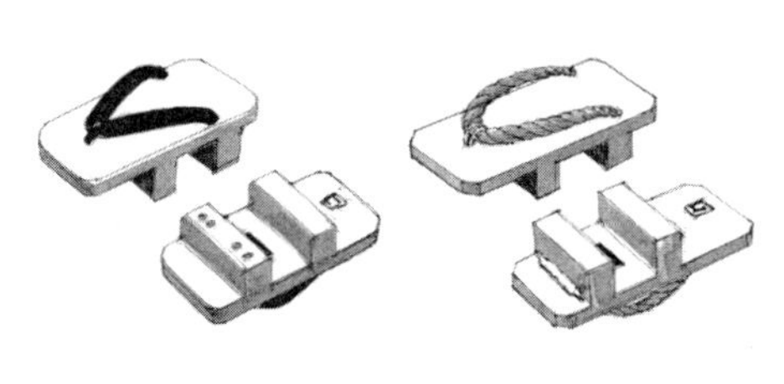

位於室町通與一條通交界處的裝束司[1]——有本家的宅邸。質感溫厚的木造結構、華美的屋瓦與沉著的白色牆垣，不愧是曾爲京都支柱的一家。（上京區室町條通一通交界上行途中）

五條坂的清水燒窯遺跡。象徵無數陶瓷名作逝去的繁華，
也見證了過去的輝煌歷史。

位於木屋町的日式料亭「鳥彌三」。細緻的窗稜線條蘊含無限美感。
(中京區木屋町四條通下行途中)

巨大的「火」字。指引往生者靈魂回歸彼岸的熊熊烈火！8月16日晚上在東山如意岳上舉行的盂蘭盆節例行儀式。

九條大路上的東寺金堂。屋脊如重疊的波浪般壯闊。與無數線條組成的宏偉建築之王國形成對比的，是人們若無其事的一舉一動。

東本願寺外濠的唐門。平時看慣的風景，換個角度來看確實有股氣派的感覺。

在京都御苑立賣御門下避雨的年輕人。選在這裡躲雨的確別有一番情調。

# 1 我家的居住風情

# 我們深愛的向日町老家

經常接到友人寄來的搬家通知。搬家的原因不外乎是調職，或者家裡發生變故。搬家並不是他們的目的，而是為了前往人生下一個階段所必須採取的行動。

此外，也有一些人是好不容易實現夢想，終於搬進了更新穎、或更有個性、更豪華的新家，讓我在佩服的同時，也不禁興起了搬家的念頭。不論原因為何，搬家成為參與者彼此回憶中共同的一段，感覺是在家庭生活中所遇到的關卡，是轉折點，也是新生活的出發點。

至於我，印象中的搬家經驗只有一次，不過當時並沒有什麼記憶。那是早在一九三三年（昭和八年），也就是我小學四年級的六月所發生的往事。這意味著我從那時起，到現在一九八七年（昭和六十二年）六十三歲為止，一直都住在同一個地方。搬家對小孩子來說，不過是跟在父母親後頭行動罷了。我只是背上背個書包，手中提了幾個袋子，就跟著父母親從京都東山南禪寺山內的家，搬到這間位在京都市郊外向日市的家（其實我很不喜歡這種叫法，很久很久以前，這裡就被稱作向日町，我們家也習於這種稱呼，並深愛不已。最近向日町改制為「向日市」，不過我覺得這名字很奇怪，應該要叫「向日

（前頁）向日市的壽岳家遠景

町市」才對。在過去，地名中的「町」字其實並非行政區的「町」，而是從許久以前便流傳下來的專有名詞。）

每次拜訪那些蓋新家或是重新裝潢舊家的友人，我總是不自禁的羨慕。就為人處事來說，「羨慕」這樣的情緒我原本不太喜歡。我認為這種不願誠實面對自己的人生，卻在心裡暗想「要是能和某人一樣就好了……」的態度實在不可取。與其對長相美麗的人百般羨慕卻莫可奈何，倒不如想想該用什麼辦法來改善自己的面孔，還比較實際。

話雖這麼說，我還是對按照計畫準備搬家的人感到些微的羨慕。搬家之後，新居便成為自己的附屬品，而住家的設計也將與生活方式結合。書房、廚房、寢室……為屋內的配置花心思，或是做些讓人大吃一驚的設計，裝潢出異想天開的房間。為這些舉動發出讚嘆的我，果然還是對自己生活中所欠缺的東西感到渴望吧。

搬進現在的這幢房子，也已經五十四年了。儘管我曾一度想要蓋新家，也曾想搬離這裡，住看看新的住所，但我應該還是會繼續住在這個家，直到老死吧。

當然了，現在這棟房子蓋得非常好，讓每次來造訪的客人們欣羨不已。尤其它的通風狀況更是堪稱天下第一。雖然今年（一九八七年）才在客廳裝了空調，但在過去的漫長歲月中，我們卻能夠在沒有空調的環境下，度過以酷暑聞名的京都夏季。這是因為在蓋房子的時候，有特別去考慮到通風這一點。

恐怕我到死為止，都會住在這間父母親費盡心思所搭建的屋子裡吧。一九八一年（昭和五十六年）過世的母親，不知有多麼深愛著這個家。母親離開人世時，已經在床上臥病三年了，雖然母親最後是在昏睡狀態中過世，但當她病危進入錯亂期時，似乎老把家裡與病房搞混。這樣我反而覺得高興，因為把醫院當成家，能讓母親的心情更加安穩平靜，畢竟她從一九三三年以來，便一直住在這裡。雖然這不是什麼出眾的高級住宅，但每天把目光投注在這間穩紮穩打所建蓋的屋子裡，一發現屋子有什麼小損傷，便馬上請工人來修理或是自己隨手整理。從這些小動作中，我感受到母親對這個和父親兩人胼手胝足、辛苦組成的家，有多麼強烈的眷戀與不捨。

母親的最後一場病來自於肝臟，而動脈硬化則讓她在臨終前陷入恍惚狀態。這種病本來就無法根治；母親在五十七、八歲的時候，就曾因為食道靜脈瘤破裂而嚴重吐血，在治療過程中，母親的脾臟首先被取出，經過又一次的嚴重吐血之後，醫生花了相當長的時間把破裂的血管一針一線的仔細縫合，才完成這項所謂的靜脈瘤結紮法。這場手術能如此成功，我覺得是奇蹟的降臨。

「活到七十歲應該沒問題，不過最後致死的病會是肝臟的問題。」

母親出院時，醫生這麼宣告道。

十數年的歲月，就像夢境一般的流逝。我時常想起醫生的話，想到年過七十的母親，不知何時生命會斷了線，心裡就開始焦慮不安。母親跨過七十大關好一陣子，終於，因肝臟衰竭而陷入昏睡；那是一九七九年（昭和五十四年）的秋天。

該來的還是來了。家人們偷偷的放下長久以來懸在心中的大石。母親在醫院度過了一段漫長的時間，總共住了一年九個月。在這段期間，她或長或短的回過家三次，每次回家，母親總是非常的高興。儘管身心一日比一日衰弱，但再次回到這個自己最安適的場所，確實讓母親顯得放鬆不少。當然她也不可能就此出院，不過，像是一九七九年的年尾到隔年一月四日回家療養的日子裡，她的內心每天都非常的充實（話雖這麼說，母親還是無法四處走動，只能舒適的躺在八個榻榻米大的寢室裡，或是坐在起居室桌前的老位置上，如此而已），看起來真的很開心。這間伴隨著母親幾近五十年歲月、早就住慣了的家，的確存在著一股安定沉穩的氣息，讓母親的心情得以緩和。

從除夕到過年這段期間，母親嘴裡一直說著：

「回到家也不知道過了幾天，總覺得好像已經回來很長一段時間似的。」

母親在大年初四的上午再度離家回到病房，這段日子是母親最後的安逸時光。而家族最後的對話也在這段日子裡完成部分的錄音，錄音時，我在對話中不經意的向母親問道：

「在媽的一生當中，最快樂的事是什麼？」

與過去談笑風生的模樣大為迥異，目前已經衰弱到了極點，也不知道究竟能不能夠答話的母親，只有在面對這個問題時立刻回道：

「能和你爸在一起，就是我最快樂的事。」

或許我們是想把待在家中，病情即將到達末期的母親的話語留在這個世界上吧，這卷錄音帶至今仍在我的手邊，深夜，從錄音帶流洩而出的母親話語，顯露出跟雙親相處的這段說長不長、說短也不短的日子，最是讓我懷念。

必須再次展開住院生活的母親，一月四日的下午跟我一起坐上了車。這段距離醫院大約一小時的車程裡，我和母親幾乎沒有交談，兩人默默的並肩坐著。我悄悄的握住母親的手，母親用她那瘦弱的手牢牢回握住我，像是要向我表明自己已下定決心重返療養生活似的。這讓我多少感到放心。

然而，回到醫院後，主治醫師卻說了這番話：

「除了肝臟，令堂也會因動脈硬化而開始陷入恍惚狀態喔。」

恍惚狀態！沒想到這字眼竟逐漸盤據在母親四周。

時序進入二月後不久，主治醫師再次准許母親回家。現在回想，醫師當初恐怕是因為體諒母親，才勉強安排她最後一次回家休養吧。其實在這一個月內，母親病情惡化的程度相當駭人，肝臟就不用說了，還開始胡言亂語起來。母親的恍惚並非源自於腦血栓症，實際上，她是意識清楚的說著奇怪的話語。她一再堅信自己睡在家中。看顧她的人老是聽到她用這種語氣說話。

不，這裡是醫院，不是家裡，是否有必要這樣刻意去糾正她呢？還是就讓母親把病房當作家裡？我不得不在心中如此想著。

就這樣，精神陷入錯亂的母親回到了家，母親的樣子跟之前回家養病時的安適沉穩截然不同，表情竟顯得有些淒厲。她就坐在我現在坐的位置上，以一副絕不離開這座位似的神情抗拒著醫院。回家的當天晚上，母親頗為開心的入浴，我和她兩人在浴槽裡，還對她做出滑稽的動作，母親放聲大笑，不知有多麼開心。然而，隔天她的臉上卻浮現陰沉的表情，晚餐吃完魚火鍋後，母親用又瘦又細的手指剝著橘子皮，一邊放聲大叫：「為什麼要把我送進醫院？」她的手因情緒激動而發抖，很明顯的出現了異常，無可奈何的絕望就此湧現。

和父親討論過後，我們決定聯絡主治醫師，馬上用救護車把母親送回醫院，之後的數小時我一輩子也無法忘懷。一月時母親明明心情還頗為愉快，率直的對我承諾道：「再去醫院治療吧，一定會好起來的。」但這次她卻瀕臨瘋狂狀態，哭喊著：「不要！我不要回醫院！」救護人員聯手將她抱進車裡，在發出咿—喔—咿—喔的聲響、往醫院駛去的救護車內，母親瞪著我，不斷的說著：「妳難道就這麼恨我嗎？」

我整個人跌進地獄之中。在到達醫院、主治醫師前來迎接我們之前，我經歷了生平從未有過的沉痛心情。母親頑強的抗拒入院療養，讓我開始懷疑是不是就算情況再怎麼糟糕，也應該讓母親留在家中？

主治醫師站在車輛的入口處等待救護車到達，對母親做了適當的處理後，並待在病房裡照顧母親直到她安靜下來。

母親原本得到回家休養一星期的許可，沒想到卻發生這樣的事，只能在家停留一夜。如果能夠在櫻花盛開、或是櫻樹初綻新芽的時節再接她回家一次，那該有多好啊！我心中殷切的盼望著。雖然我也覺得恐怕無法實現，但卻忍不住祈禱這痛苦而甜美的夢想能夠實現。

母親住院直到隔年六月二十七日，生命劃上休止符為止。然而，不論是何種形式，母親都將繼續活在這個世上，甚至比我們所能想像的還要久遠；這種想法讓我不禁感到歡喜。無奈就算是櫻花綻放、凋謝，母親或是姐姐紮上白色的工作頭巾，在櫻木與櫻木之間忙著「綁竹籤」的櫻樹發芽時節來臨，她仍然無法回到家裡。脆弱不堪的生命靜靜的逐漸衰弱，就算只是片刻，母親還是不能回到我們的向日町老家。不過在昏睡的每天、陷入錯亂的一分一秒，我相信這個在母親的人生黃金時期，因生活點滴而散發出燦爛光彩的家，大概還是以某種型態在她腦海裡大放光芒吧；雖然我們並無法察知。

不過，人能夠像這樣經營自己深愛的家園，是非常幸福的一件事。現在我也逐漸年華老去，即將跨過母親當初嚴重吐血的年紀、面對人生的最終階段。我占據了昔日母親的位置，雖然仍不及母親，但還是用心打理這個由母親一手打造的家，度過它的最後時期。真的到最後了！距離父親，以及不久之後我也會離開世間的歲月。和過去漫長的歲月相較，接下來的日子顯得極其短暫。然而，我還是想投注心力，徹底捨棄對搬家的執著心，在這間父母親眷戀不已、難以割捨的向日町老家，繼續經營雙親、以及我自己的人生。

## 八條通源町的租屋開始京都生活

聽父母親說，在搬進那間母親深愛的向日町老家之前，經歷了一般相當曲折辛苦的過程。父母親兩人皆不是出身於京都，長久以來，卻以「外地人」的身分在京都生活。父親出生於播州明石內地、押部谷（如今成為神戶市西區）的寺院，不久便被姐姐的婆家、當時稱作兵庫縣美囊郡上淡河村的石峰寺竹林院收為養子，就這樣在京都過著研究

中村家位於八條通上用厚土所圍成的房子，展現出京都城鎮的深厚實力。我父母的新家位於八條通，不過卻遭小偷闖空門，弄得亂七八糟，相當可憐。（南區八內田町四塚町）

者的一生。母親原姓岩橋，出生於和歌山的田邊。由於雙親很早便來到大阪，因此母親也算是大阪人。當母親還是少女時，她大概也沒有想到會將自己整個人生奉獻給京都吧（母親的屍骨確實埋葬於京都）！

母親為了照顧原本就讀於早稻田大學專科部理工科、卻突然失明的哥哥岩橋武夫，便向就讀已久的女子學校申請休學，跟著好不容易決定復學，進入關西學院專科部的哥哥進入關西學院就讀。岩橋武夫以嶄新的心情準備走出人生陰霾，在他班上，有位名叫壽岳文章的男生暗戀著母親。這個人孤獨而貧困，完全不像普通學生，無憂無慮的歌詠著美好的青春。根據母親的形容，他總是和那些大聲喧嘩、談笑風生的學生們保持距離，低頭沉思著，總是心事重重的樣子。

壽岳文章與岩橋武夫兩人由於年紀輕輕就體驗到人生苦短，因而培養出相知相惜的友誼。岩橋家家境貧困，並不是特別注重教養的上層家庭；甚至窮到被迫讓好不容易進入女子學校的女兒才上了一年多的課就辦理休學。總之岩橋家除了父母之外，還有活潑的兩男兩女，尤其身為母親的岩橋華是個既親切又體貼的人，因此家中氣氛總是暖洋洋的。而他們對於失明兒子的同學，同樣是關懷備至。

對於武夫最好的朋友——壽岳文章來說，在這裡他找到了自己所欠缺的家庭溫暖。文章經常去找武夫。就在學校以及岩橋家中，他與武夫的妹妹靜子兩人慢慢的相互吸引著。

他們開始談起戀愛。在母親的第一本小說《朝》中，也描述到那段心路歷程。兩個人最後終於結婚了，同時我父親文章也從關西學院畢業，取得京都大學文學部選修課程的學籍，並決定在京都居住。然而在結了婚缺錢的情況下，父親不得不身兼多所學校的講師，以賺取生活費或是買書錢。父親畢業自東寺所辦的東寺中學，因為這層機緣，而成為該校的講師。

一九二二年，也就是大正十一年的初春，三名男女在國鐵京都車站下車。其中一對男女散發著年輕氣息；身材高瘦的男子穿著西裝、擁有知性的眼光，雖然外表沉靜，眼神中卻閃爍著一股即將面對全新生活而蓄勢待發的氣勢。

年輕女子將濃密的黑髮紮成蓬鬆的西式髮型，體態纖細苗條卻不顯軟弱。那美麗的相貌流露著堅定的意志（母親的確是個美人，聽說她的父母也以此為傲。還有人說年輕時只要岩橋靜子一出現，那附近的花就會開呢），充分散發出人生由自己掌握的自信及對未來的期待。炯炯有神的眼珠子閃閃發亮，雖然身上的短外褂相當樸素簡單，但給人極舒服的感覺。

還有一位看起來將近五十歲的中年婦人，臉上的表情似乎很高興，但又有點落寞。

這位母親——岩橋華，陪伴著將要邁向自己人生的女兒來到京都。

大阪到京都的距離現在看來可能不算什麼，但當時他們所搭乘的國鐵火車可是以蒸汽火車頭拉動的。就這樣，壽岳夫婦準備踏出在京都生活的第一步。沒有舉辦結婚典禮，也沒有蜜月旅行，各自提著行李，連人力車也沒搭，三個人邁開步伐從京都車站走向新家。當然那個時候我尚未出生，然而我的眼前卻浮現那天父母開始在京都生活的情景。

開啟兩人在京都生活第一步的家位於八條通的源町，此處緊鄰東寺，如果從京都車站坐人力車到這裡的話，一趟要十八錢，他們三人把這筆錢也省了下來，終於抵達這間租來的小房子。房子的大小事務皆委託東寺中學代為處理，行李也已經先送達了。除了少許衣物外，其他家具便按照當初的計畫在附近的二手家具店購買。三人放下手上的行李便出門採購去了。

後來想想，如果當時外婆留下來看家就好了。三個人找到衣櫥還有其他合適的物品，並請店家送到家裡，然後便回家了。但晴天霹靂的是，在這麼短的時間內，新家竟遭小偷闖空門。家中被弄得亂七八糟，原本就不多的衣服當中，比較貴重值錢的都被偷走了。像是文章的和服式呢絨外衣（類似披肩長外套，讓日本男性可以披在和服外面的一種毛料外套。我在戰爭時把它改做成許多東西，非常好用）；還有靜子那幾套稍微像樣的和服。最教人氣憤的是，文章與靜子長久以來交往的書信，零亂不堪的散落一地。看來是要找現金的樣子。家裡根本就不像有那樣的東西，但飢不擇食的小偷可能認為至少可以偷個一、兩張紙鈔吧！

回想起來，這種貧窮小偷闖進貧窮人家的事件，真像是下京地區會發生的事啊！不過後來那些被偷的東西都找回來了。警察真是了不得。(類似的事件之後也再度上演，並成為家裡的笑話。那是戰爭結束後的事，在向日町的家，父親找遍家中每個地方就是找不到他的雨衣。由於只有在下雨時才會穿，所以說也不可能每天去清點。到底跑哪兒去啦？父親說他把雨衣掛在門口的衣架上，但衣架上卻不見雨衣蹤影。該不是誰把雨衣收到西式衣櫥去了？西式衣櫥也沒有。家人一致認為是掉在外頭。一、兩個月之後，有個犯人被刑警帶到家裡來，手上竟然還拿著父親的雨衣。也就是說，東西正如父親所說掛在門口，不經意打開大門的小偷只偷了那件雨衣。他注意到屋裡很熱鬧，猶豫之下而沒有進入屋內。那時，大家反而有點同情那個小偷。)

## 我的出生地——東山三條古川町

剛搬到新家就遇上遭小偷這種倒霉事，父母親已經不想住在這裡，倉皇離開八條的家，匆匆忙忙的搬到現在左京區岡崎福之川町，隨後又在東山通三條附近租了間二樓的房子。這裡本來住著一對老夫婦。而我也在此誕生。天生似乎就很會驚動人的我，在出生時也弄得大家手忙腳亂。

我戶籍上的出生日期是一九二四年（大正十三年）一月二日。日本人的生日若是在正月初一到初三之間，大抵上都是有點問題的。過去那個年代跟現在以實歲來計算年齡不同，只要一進入正月，大家就長一歲。因此十二月底出生的人，可能才誕生到這世上一兩天就變成了兩歲。由於這種計算方法的關係，大家索性將一些本來出生在年底的孩子，出生日期更改為隔年的正月。調查看看就知道，日本在戰前幾乎沒有人出生於十二月底，因而正月出生的人數特別多。

因此，我也是那有問題的其中一個。然而，事情並不是那麼簡單，比起可疑的出生日期還更加的複雜。

父母結婚不久就孕育了我這個小生命。預產期本來應該是在一九二四年的一月底。父母兩人為此雀躍不已，也做了很多準備。但是計畫永遠趕不上變化。在年底時母親便出現陣痛，原來打算一月底回娘家慢慢待產的計畫也跟著泡湯。從十二月二十七日便開始腹痛的母親，並不知道那就是陣痛，還懷疑是因為天寒而發冷，直到半夜劇痛如同海浪般一波波打過來，這才想到莫非是……一夜沒闔眼的她熬到天亮，一大早就前往醫院。那的確是產前的陣痛，有名的主治醫師說大概在當天下午四點左右便會出生。雖然已先打過電報通知了，但父親卻飛奔到大阪去把親戚帶過來。醫師和護士也都離開了母親的病房。然後，母親竟然在劇烈的陣痛中獨自將我生下。對於一個二十二歲、初次生產的產婦來說，這真是個相當特殊的經驗！沒有半點聲響，母親伸手碰到枕頭旁的金屬臉盆，鏗鏗鏗的敲了幾下，護士才總算出現。

可想而知當時的情況有多混亂：醫師、護士們一陣手忙腳亂，醫師責罵護士，護士則抱怨產婦不該自己忍耐。用盡了九牛二虎之力總算把這個小生命迎接到世上、意識模糊的母親靜靜的躺在床上。母親倒認為是醫師的判斷錯誤。

我是個只有九個月大的早產兒，暫時被移至保溫箱中接受照護，努力的呼吸這個世上的空氣。就這樣，在京都我跨出了人生的第一步。大阪的外婆因發高燒到三十九度臥病在床，但她仍舊披頭散髮、匆忙拿了東西就和父親趕到醫院。

「如果我不去的話，靜子會死掉啊！」

一路上大呼小叫飛奔到醫院的外婆，見到依然健在、筋疲力盡卻露出微笑的女兒和外孫女，一定開心極了吧！後來長大的女兒我，不免責備父親在如此重要的時刻居然沒有陪伴在妻子身旁。「真沒想到爸爸你那麼笨，不去大阪又不會怎樣，反正都已經發電報了。你只要一直陪在媽媽身邊就好啦！」

東山三條古川町的商店街。在買賣之中也能夠感受到濃厚的人情味，讓人覺得很開心。這是條充滿回憶、令人懷念的街道。

他們一定很感動，在這個世界擁有自己的孩子是多麼不可思議啊！

我被命名為「章子」，就是取自父親名字中的「章」字。在迫於沒錢的情況下，我不得不在三十一日出院。不過，當時我已經離開保溫箱，十分健康，一家人回到了那間二樓的租屋。

父親笨拙的準備迎接新年到來，水壺在火盆上冒著暖暖的蒸氣；也為我鋪上了有可愛花樣的被褥，展開壽岳一家人的平靜生活。就這樣，我的出生證明上的出生日期登記為大正十三年一月二日。原本應該是大正十三年一月二十九日的；但一個不小心真正的生日變成十二年十二月二十八日；最後又變成十三年一月二日。這件事確實挺複雜的，我個人是無所謂啦，因為即使是九個月的早產兒，也健健康康的長大了。

懷胎九個月就生下我的原因，可能是因為住在二樓，母親上下走動太激烈而動了胎氣。有了小嬰兒之後，這二樓的家就越來越不方便了。以後也可能會打擾到那對住在樓下的恬靜老夫婦。一定要搬出這裡才行。父母決定再次搬家。這段期間父母承受非同一般的辛勞，既沒有錢也沒有親友幫助的年輕夫婦，咬緊牙根開始找房子。

我出生的家離京都大學很近，的確是住起來相當舒適的地方。母親抱著我回到這個二樓的家準備要過年時，父親和外婆則在附近一條叫作古川町的商店街，買齊了過年要用的物品。根據母親在《美麗的歲月》書中所描寫：

……壁龕也插了一朵花，餐桌上的漆器裡裝著一些過年吃的紅燒菜餚。也買了年糕。父親如此的費心布置……

這些東西不是父親自己做的，全部是從隔壁的古川町商店街買的。這條從三條通往南方一直延伸下去、整條路上都是店家的商店街，現在還架有拱廊，是個頗具規模的購物街。在京都除了有名的錦市場之外，還有幾條很棒的商店街，像這條古川町就相當不錯。

母親偶爾會抱著或背著我到這裡來買東西。

「哎呀，太太你當媽媽了啊！」

店裡的人這麼對母親說。現在的我怎麼都無法想像自己出生時只有二千公克，而母親的體型也看不出來像是即將臨盆的樣子。

曾經往來於這條路上的母親已經過世了。而早產的小嬰兒現在也已年過六十，走在這條路上彷彿要把店家看穿一般的左顧右盼，不禁感慨歲月真是讓人感到不可思議！這條路我想只有兩公尺那麼寬吧，石板鋪成的路面，好得教人難以形容。商店街現在架起了棚架，變成拱廊的樣式，但以前這裡可看得到蔚藍的天空呢！

我買了醃菜、肉類及水果。被問到是從什麼時候開始定居在此時，我會回答「已經住在這兒好久了呢。」店家們也同樣回答說，「我從結婚之後到這裡已經三十年了，可老家比這更早就在這裡嘍！」或是「很早以前就住在這兒了。」

當時，在我出生的這塊地方，支撐著這條商店街的人們已經退居幕後。而現今努力工作的下一代則成為家庭的支柱。這裡並不像錦市場賣的是送至一流日本料理店的商品，這裡市場中所販賣的充其量不過是普通的食材罷了。特別是現在放眼望去，許多店家都會將家常菜裝在薄木板盒裡販售，對附近居民的日常生活來說，這是個多麼重要的角色啊！在我出生的時候，我們家也從這些家常菜中，得到很大的便利。

我順便彎到一家位於街尾的商店，買了牙籤和鋁箔片，用來隔開便當中的菜餚。我再次詢問「從以前就住在這兒嗎？」得到的回答仍是「對啊！」這個三十歲左右的女子向我解釋說「生意不太好做，所以就擺一些其他商品來賺賺外快。」除了擺設於店內的女性化妝品之外，她說的正好是放在店門口、我所購買的東西。

## 充滿懷舊情感的南座裏舊家

穿過古川町一帶，走到知恩院前，白川的清澈河水映入眼簾。接著沿東山通向南走，不久就到了祇園的石階下，再從四條通往西走過去，便會出現我第二個成長的世界，也就是南座裏。人們或許會驚訝於我們竟然住在這種地方；那裡一定又窄又小，絕不會像是學者的家。如此繁華、到處都是商家的地方，完全看不出會有適合我們一家居住的房子。然而，父母親卻發現了一間很好的屋舍。母親在《美麗的歲月》如此寫著：

沿著四條通的田間小路往下走，就在穿過南座後面那條小路上有一間小小的房子，我們在二十日左右搬進那裡。雖然地點不太好，不過這間才重建不久的屋舍很堅固，廚房的爐灶跟流理台都是新的，牆壁也全都重新粉刷過了。中間的玄關約兩蓆榻榻米大，左手邊兩蓆大的飯廳連著廚房，右手邊是四蓆半的空間，一樓就只有這樣。二樓則是分成六及兩蓆……在西邊有個虛有其名的庭院，裡頭種了兩三株瘦弱的小樹。這樣的房子感覺有點怪怪的，像是被裝著鐵製圍籬的牆壁包圍住似的。附近鄰居的房子大多既小又簡陋。

我對這裡跟古川町附近的出生地一樣，沒有任何記憶，但我卻在此留下了不少英勇故事。一九八七年的秋天，日本為了推選自由民主黨的總裁而沸沸揚揚。對百姓來說，

南座裏密密麻麻的住宅。這是我小時候的世界，讓人感到無限懷念，溫暖極了。
這是從東山區大和大路四條向下走的龜井町，所眺望到的南座裏風景。

宮川町的小巷子。京都有許多小巷子，在在散發出濃濃的京都味。（東山區宮川筋丁目）

連繫古今各種夢想，宮川町內專門接待外國人的民宿旅館「SAWAI（澤食）」。這是棟三層樓的木造建築。

不管是誰當選都沒什麼差別，所以大家都不太重視。然而有些狂熱份子竟趁機發起了一些活動，那時候「antic」這個字眼經由報紙刊載，造成一股騷動。我與父親看到電視媒體報導那個用詞時，彼此會心一笑，並不是因為「antic」的關係，而是讓我們想起我小時候所說的「anchuk」這個發音相似的字。

這一帶有很多小孩子，大家相互打鬧玩在一起。早已脫離早產兒虛弱體質、日漸茁壯的我，年紀雖小卻相當融入附近孩子們的生活中。有一天我突然對父母親說：「給我anchuk！」他們兩人對這句話感到很驚訝。anchuk？anchuk是什麼啊？父母親覺得納悶，我anchuk、anchuk的吵個不停。父母親出去查問清楚後才瞭解，原來anchuk指的是錢。據我的判斷，那一帶的小孩們很小就有零用錢買零食吃，我也想趕快跟他們一樣，便向父母親提出要求。至今我仍相當喜愛購物，尤其是打開錢包這個動作。原來我的購買習性從那個時候就表現出來了。

身為日語研究者，我有點好奇anchuk這個字是源自哪裡。說不定是從父母親所說的「oashi」[2]變來的，但是做為一個學者，再怎樣也很難認同oashi→anchuk這種牽強的說法。又或者是附近鄰居們之間的一種暗語：oashi→x→y→……anchuk如此轉變而來的！年幼無知的我說著這個永遠也沒有謎底的有趣詞彙。

結果我並沒有得到anchuk，伸出去要錢的手掌心連一枚硬幣也沒拿到。我們家規定在讀女校之前是不發零用錢的（其實讀小學時，我曾在地方慶典上拿到五錢，雀躍得不得了），因此在我那麼小的時候父母更不可能給我錢了。父母親一定是用盡方法說服我吧！看著空空的手掌心，我當時既難過又無奈，心中感到茫然不知所措，但是為了消解當時的怨懟，現在的我會到自己住的地方去，打開錢包拿出anchuk來用。

父母年輕時的奮鬥生活確實過得很恬靜。雖然貧窮，但對相愛的兩人來說，這卻是一段相當充實的時光。為了貼補家用，母親開始做些針線活，因此也讓她想要更有效率的賺錢。她本身對教書就滿懷熱忱，再加上附近鄰居知道母親曾在女校學過一年多的英文，所以拜託她教導小孩英語。這就是母親長久以來擔任英文家教的第一步。那些調皮搗蛋的國中生聽說居然乖乖的來上母親的課，成績也跟著慢慢進步。

最令人難以置信的是，母親並不因此而感到滿足，她向研究社訂購講義自行鑽研，偶爾也會請教父親。她打算將那些淺顯的知識立刻灌輸給孩子們。母親原本就是個小心謹慎的人，但她對於自己居然能做得那麼好也感到有點驚訝。越教越有心得的母親，心中燃起了開拓新世界的構想，加上每個月吸引人的學費，她便順理成章成為了一位老師。年輕時對英語所埋下的種子，就這樣開花結果，母親出版了好幾本翻譯作品。當時做夢也沒想到，單憑一種語言竟然能開拓出如此寬廣的新世界，並激發出那麼濃厚的興趣。總之最開心的，還是教書比起業餘裁縫能賺取更多的收入。

我們一家人在南座裏住到一九二六年，大正十五年的初夏。現在我偶爾會去「田中屋」買點草鞋之類的。還記得十幾年前我跟父母親一起去拜訪的時候，店裡頭有個年紀很大的人一看到我就說：「哎呀，長這麼大啦！」

我忍不住笑了出來。沒錯，當年在這一帶走起路來搖搖晃晃的三歲小女孩，今天回來，就是要讓大家看看她的「英姿」。這番讚嘆還正合我意。

至今我仍經常在這一帶散步。這條街道與稱之為繩手通的四條通交叉，散發出濃厚京都風的繁華氣息，是一條走起來樂趣十足的街道。這裡緊靠著紅燈區，因此林立著許多精品店，店家門面不大，精緻的商品整齊排放在櫥窗中。髮簪與梳子、手工製的日式布襪子、三弦琴及琴弦（這家店與我家有著深厚關係，後文再談）、可愛的甜點，以及過去可能不存在如今卻日漸興盛繁榮、飄出陣陣香味的麵包店，還有讓人想一探究竟、別具風格的餐廳……以剛才提到的「田中屋」為首，這條街有很多鞋襪店是專為在花街工作的女人所開設的。

我曾經在這一帶閒逛玩耍。眼看著那個剛出生時，稍嫌虛弱的小女孩竟也變得如此茁壯，尤其是我偶爾會靠著強健的雙腿出遠門，讓母親相當吃驚；我這個壞習慣困擾母親好多年，而且我有路就走的癖好眾人皆知。

走在繩手通我會格外激動且興奮。儘管往事的印象多已模糊，但遠處的某些事物卻點亮我心中那盞燈，傳來各個店家交織演奏出的交響樂章。稍微往南走一點，建仁寺就在東側，寺廟的庭園裡盡是自然美景，母親經常大老遠的帶我到建仁寺玩耍。禪宗寺院特別的遼闊，排列其中、蕭瑟而寧靜的各個祖師塔，在這人聲鼎沸的城鎮裡營造出一片不可思議的神聖氣氛。在寺院中的年輕母親與小女孩，想必在心靈上獲得不少的慰藉吧！我家後面有個小院子，裡頭的大銀杏樹高聳入雲，在這房舍都很狹小的環境裡，那棵大銀杏樹想必也為附近鄰居帶來不少慰藉。大銀杏樹充分展現出四季變化之美：冬季光禿的樹枝；從春季到初夏的可愛嫩葉；接著是盛夏綠油油的樹蔭；然後秋季轉為鮮黃色的朵朵雲片；隨著寒風到來，又變成鋪滿一地的金黃色地毯。建仁寺內的樹木種類更是豐富，像是企圖在京都城鎮中突顯出寺院的輝煌燦爛一般。幼年時期的我和這間寺院，感情是如此的深厚啊！

我漸漸長大，脾氣變得任性蠻橫，這個時期大概是我第一次的叛逆期吧！在那個幾乎不談育兒知識的年代，對於頭一次養育孩子的母親來說，一定備感辛苦！尤其是在那些重要節骨眼上所表現出來的激烈行為。比方說，當時與父親剛開始往來的京都大學博士河上肇先生[3]，他太太搭乘人力車到我家拜訪時，我也是一副見不得人的模樣。光著腳丫在泥濘地上走來走去，越是叫我穿草鞋，我越是舉起腳來在泥巴裡亂踩一通。聽說當河上太太穿著高級的黑色縐綢短外褂，送她大兒子政男的家教費用給父親時，著實被我的模樣給嚇了一跳。

「我真恨不得有個地洞可以鑽進去。」母親在多年以後跟我說了好幾次。

「哎呀、對不起嘛！」我嘻皮笑臉的回答著。不過跟弟弟比起來，很明顯我似乎是過於精力旺盛。父親與河上博士的心靈交流（其實是河上博士偶爾會來我們家），一直持續到一九四六年戰爭結束，博士與世長辭之前。他的大兒子政男因為先天性心臟病惡化，無法正常上學，博士為政男請了父親當他的家庭教師。父親主修英國文學，並非像經濟系的學生曾接受博士親身的指導，但由於與河上博士有著這一層關係，自此留下了深遠影響。

## 讓我體驗散步樂趣的南禪寺生活

差不多是該搬離南座裏的時候了。對於壽岳家來說，學者的生活似乎有些經濟上的問題，加上父母親對我的教育也感到不安，為了讓我的行為舉止更像個女孩子，他們申請搬到一個較寬敞、幽靜的地方。

這次的新家是南禪寺。在西田幾多郎博士門下、與父親私交甚篤的木村素衛先生，

當時居住的寺廟內有空房子出租，雖然對田梗小路附近的人們感到眷戀不捨，仍在一九二六年（大正十五年）七月五日，我們一家三口與高采烈的搬了進去。我們一家從此踏入與以往迥然不同的新環境。

南禪寺北門出去，西邊的大建築物上掛有寫著「遷壺庵」的門牌，這裡是南禪寺長老們的隱居之處。遷壺庵旁有兩間房子，一大一小。有位精神出現問題的某造酒場老闆娘和奶媽住在那間小房子裡療養。有時候我哭鬧，她會生氣的過來質問：「為什麼把我的孩子弄哭？」母親對她離

位於粟田口知恩院的石階。厚重的疊石讓人連想到城墎。路過的人漫步其中不知在想些什麼？這些石階本身就是一部歷史。

南禪寺的「山崎」。這裡的魚醬燉鍋非常好吃，跟我搬家前的口味一模一樣。這裡有我兒時的夢想。

開愛子，悄悄在此生活十分同情。

在那位生病的婦人之後，搬來了山崎先生一家人。他們家有個小男孩，小男孩長大成人後自組家庭，而他的女兒則當了藝人，就是山咲千里。家族中的親戚不久也搬進我們家，做起了小吃的生意。託他們的福，我現在才能夠心安理得的造訪那充滿兒時回憶的家。這裡真好，有種讓時光倒流的因子。

這個南禪寺的家，屋裡各有兩間八蓆、一間六蓆、一間四蓆半的房間，還有間相當大的廚房；隔局極為簡單。簷廊沿著八蓆大房間的直角所建，夜晚休息時，便將多片木板套窗拉合。此外還有間儲藏室，做了壞事的小孩有時候會被關在裡面。

我的兒時記憶就是從南禪寺開始的。這裡環境完美得讓我戀戀不捨。不過，長形房舍是南北走向，陽光根本無法從南邊照進來。廚房的地板是泥巴地，自來水管的配置更是老舊，即使父母盡了全力修理，生活還是相當不便，連燒洗澡水也是用長長的橡皮水管從外面接進來。那橡皮水管的顏色至今仍清晰印在我腦海裡。我想母親應該很辛苦吧，儘管如此，我們還是在南禪寺住到一九三三年（昭和八年）的初夏。對父母親來說，這裡的生活雖然不方便，但這一帶卻擁有太多豐富的事物了。

首先是大自然。東山就在我們的眼前，太陽和月亮從山上升起，就連小朋友也覺得月升的景色美不勝收。雖然尚不知該用什麼詞彙來稱呼，但還是個孩子的我，深深喜愛著上弦月、下弦月等月亮所散發出各種難以言喻的沉靜美感。八蓆榻榻米的房間內散落了一地的月光。

包圍屋舍的樹木也美極了，周圍一圈盡是綠油油的，屋內還有一座小庭院。從圍牆外到寺院內，走到哪兒都是一片綠意。梅花林、杉樹牆，南邊與賣湯豆腐的「奧丹」交接處，長有許多茂盛的草木，偷偷鑽過草木再穿越「奧丹」是我固定的路線。當時這裡還未變成觀光景點，我們女孩子通常聚集在此，用空的折疊椅扮家家，而湯豆腐店的人總是微笑的看著我們。製作湯豆腐與醬烤串豆腐的廚房是個小小的稻草屋，白煙從稻草屋頂緩緩飄出。稻草屋的後面是墓地，立有許多墓碑，這個被常綠樹包圍的墓地，正好成為小孩子們玩耍的地方。我一點都不害怕，反而覺得每個墳墓就如同自家庭院般可愛。

我的玩伴少得可憐。南禪寺本殿的北邊，有位同樣在此租屋的日本畫家，這個姓豐島的家族裡頭也有年紀相差甚遠的兄弟姐妹。他們家最下面的三個小孩，是我跟一九二七年（昭和二年）在南禪寺出生的弟弟潤的玩伴，不過真正和我一起玩耍的，是大我三歲的和子。那時候我長得很壯，跟外形纖細的和子相當合得來，在和子上小學之後，我大多是自己一個人玩。豐島家較小的孩子——郁子及金吾自然成為弟弟的玩伴，跟我玩不起來。南禪寺跟南座裏不同，有許多值得探險的地方我會一個人到處亂逛。不久，我在一九三〇年（昭和五年），進入鹿之谷的第三錦林小學讀書。不過在此之前，我真的走遍這一帶。有時跑到蹴上眺望鋪有軌道的輸送設備；有時從名刹南禪寺內的水道橋，沿著排水溝渠一路走，我總是盡可能的走在河川邊緣（若是讓母親知道這件事，一定會非常吃驚。保持平衡走過磚造的水渠邊可是我最喜歡的遊戲）。在南禪寺內向東直走，就會走進東山，我在往永觀堂方向的山中小徑上閒逛，日復一日，從不感到厭煩。

也有玩過頭的時候，但不是去沒有人的深山裡，而是去些熱鬧的地方。我永遠不會忘記那個下午所發生的事。那天我牽著郁子的手，代替和子當起了姐姐。我沒有考慮到郁子的體力能否負荷，便以自己的步伐往岡崎走去。當時堪稱是市營電車的全盛期，電車縱橫交錯於京都市內，是十分方便的代步工具。稱為東山通的道路位於京都市的最東邊，是條南北走向漫長的電車路線，它經過九條的東福寺、七條的積智院、妙法院和豐國廟後，來到清水、祇園，不久在仁王門與支線會合。該支線呈東西向，連接動物園、平安神宮和美術館等站，然後右轉沿著慢慢往北流去的排水渠道，一直到蹴上。這段路程很短，車種是跑北野線的日本市區電車原型的叮叮電車[4]，司機與車掌位於兩側敞開的地方，只有乘客在車廂中。

這種市區電車的軌道緊貼著排水溝渠所鋪設。話說某天將近黃昏時分，有台電車正

大和大路通、方廣寺的石壁。這片石壁是天正十四年豐臣秀吉所修築，宛如大阪城的石壁，散發著一股京都不容忽視的力量。

護

要從仁王門出發前往蹴上。發出轟隆隆的聲響，緩緩前進的電車司機台上，司機邊注視著前方邊轉動方向盤，沒想到竟發現在軌道與排水溝渠之間，充其量也不過七、八十公分的寬度，有兩個女孩從蹴上往仁王門的方向走過來。叮，叮，叮，司機大力搖響警報並趕緊踩煞車。他生氣的飛快跳下車來站在孩子們的面前。

「這裡很危險耶！不可以在這裡走，這條路禁止行人通行。到那邊去！」

司機大聲罵道。他看著眼前一大一小的兩個女孩，驚嚇的低頭走到對面之後，才回去發車。我想他心裡大概會嘀咕：這小孩真是的，不知道當父母的在幹嘛！

那個大的當然就是我了。我也是第一次被陌生的伯伯怒罵，整個人都呆住了，連句對不起也沒說，只是站在安全的另一邊目送電車遠去。雖然這是距今將近六十年前的事了，但我仍然記憶猶新。

不過那天我的探險並不因此停止。我再次牽起郁子的手向西走，右轉到平安神宮旁邊的岡崎公園。在公園玩了一會兒，之後選擇與去程不同的走法，悠閒且準確的回到家。郁子回到豐島家時太陽都快西下了。黃昏的餘暉中，母親雙眉緊蹙、直挺挺的站在廚房門口。我心想可能會被鏘的敲一下頭：「妳到哪裡野去啦？玩到這麼晚？」結果母親不讓我進家門，把我關在門外當作懲罰；呆呆的站在外面，讓我心裡很不好受。我想母親一定有跟因擔心郁子，而到家裡找人的豐島家的人道歉吧！



南禪寺莊嚴的三門前大雪下個不停。小時候我經常爬上這樓門，彷若石川五右衛門[5]的樣子眺望著京都市。

至今我還是很喜歡在這一帶亂逛。在京都，不論走到何處都是樂趣十足。這種漫步的習慣主要來自我孩提時期的生活方式！總而言之，在南禪寺前後八年的歲月中，我學習到漫步人生的道理。尤其獨自漫步，更讓我培養出「自立」的觀念。一個人訂定目標，環視周圍、靠自己的雙腳向前邁進；不用人背也不用人抱，就算跌倒、流血也不會哭泣，拍拍沙子站起來繼續向前走。發現新天地時的歡欣鼓舞；亦或在不熟悉的道路上，偶然看到植物或小昆蟲的驚喜；有時甚至沾到生漆而皮膚發炎，一邊叫著「好癢好癢」一邊跑回家，……這些在外面漫步的樂趣是最棒的。

南禪寺在這方面可說是最佳的地點。後山、排水溝渠，尤其鑽過通往蹴上那個既陰森又可怕、被大家稱為曼玻的隧道時，內心更是充滿了緊張刺激。

最後一項在南禪寺的樂事就是周遊寺廟。我時常帶著連路都還走不穩的弟弟，巡訪各個寺廟的堂塔及本殿，而且與一些行腳僧成為好朋友。最好玩的是，廟裡經常會請客，嘴饞的我每到這個時候，一定會到各家寺廟去大吃一頓。冬天時大多是酒糟醬湯。不過，還是我家的酒糟醬湯好吃（那是一定的，比起這量多質粗的素酒糟醬湯，母親可是仔細的用鰤魚來熬湯頭，煮出的酒糟醬湯料多味濃，連小孩子都吃得津津有味）。寺廟做的醬湯很清淡，也沒有放小孩子喜歡吃的竹輪卷，一點都算不上美味。即使如此，從廟裡大鍋中盛出來的酒糟醬湯，總是讓我興奮不已。

後來成為南禪寺管長[6]的柴山全慶師父，曾經在他所主持的慈氏院中舉辦達摩堂的慶典。那時吃的是糯米丸子。我當然也趕快要了一些，還嘴饞的邊走邊吃起來。連父母也不清楚自家小孩這種白吃白喝的行為，但我還是備著我那品嚐美食的天線，靈巧的來去各個寺廟之間。

現在，南禪寺已成為觀光景點，不過，在當時幾乎沒有所謂的觀光客前來參觀。除了特別的場合外，寺廟境內總是靜悄悄的。我的行動範圍在小孩子之中算滿廣的，連三度空間也不放過。之所以這麼說，是因為我經常爬上三門的緣故。現在上去三門當然要收門票。我也不記得當時需不需要，反正我小時候爬上樓門時沒有被任何人責備過。利用免費門票進場的小孩們偶爾會扮起石川五右衛門，還真的可將京都市內的景色盡收眼底。

我也曾厚著臉皮跑到副司先生的家中。完全不管副司先生的名氣地位，就是想跟他說說話，在那裡吃過「小麥煎餅」後再回家。

有時候我和行腳僧一同遊玩。這些日以繼夜將辛勤勞動當成修行的人，則會把握短暫的時間，跟在寺廟內徘徊的小孩們說說話，玩玩跳繩。

由於我們住在長老隱居的住所旁邊，所以經常見到當時的河野霧海長老。他是個很愛乾淨的人，有次見到他一邊罵著行腳僧，一邊把自己的後衣捆在腰上開始打掃起來，那時我整個人都看呆了。雖然覺得他是個可怕的老和尚，不過他對小孩說話時還算溫和。我們壽岳一家人能迅速住進這兒，可說是因為長老很喜歡我們這個家庭，對我們頗有好感吧！另一方面，也是因為房客家的小孩老是向他撒嬌的緣故。

剛好那個時候，我請母親幫我換了木屐的底齒，鞋板上的黑點也洗得乾乾淨淨，就像新買的木屐一樣亮晶晶。那時的小孩跟現在不同，平常自然是不會穿布鞋、拖鞋，不論男生女生一律穿著木屐。要占卜明天天氣如何，我們就會咻的把穿在腳上的木屐往上一踢，依木屐落下的狀態來判斷，如果木屐翻過來就代表會下雨。至於橡膠底的布鞋好像只能收藏在鞋櫃裡了。

那天長老看著我的腳，對我說：「這木屐真漂亮。」即使經過六十年，我也記得當時我的回答：「我還有更漂亮的呢！」我會這麼說是因為那時剛好買了一雙可愛的新油漆木屐，每天都高興的看著它。長老只稱讚那雙洗乾淨的，我心裡難免有點不是滋味！這是什麼應對啊，如果我能更有禮貌的對他說聲「謝謝」，那該有多好啊。

南禪寺的歲月隨著孩提時代，平和且安穩的過了。我想父母親在這段日子相當辛苦吧；當時，父親和母親在教一些年輕人學英文，兩人大概各教五、六個學生！父親甚至還教過英國的派遣武官日文呢。

## 多采多姿的南禪寺歲月

母親後來教了幾個跟我一樣就讀京都第一女子高中的學生。她始於南座裏時代的英文家教實力提升了不少，其中還有一位女學生就讀高等科。母親有時去學生家上課，有時則是學生到家裡來。來往家中的人很多。母親的一位學生是一間木棉豆腐大批發店的女兒，而父親則教她的哥哥；他們的母親為人很客氣、有點暴牙，經常來我家拜訪。兩家的交情不僅止於家教跟雇主的關係，而是家庭與家庭的交流。

這位批發店的女兒是個一看見英文就頭痛的人，但是一做起裁縫卻廢寢忘食，手藝非常靈巧。有很長一段時間，我跟弟弟都是穿著她所縫製的漂亮衣服。有時母親會帶回她親手製作、十分可愛的法式洋娃娃，然後將娃娃放在已入睡的我的枕頭旁邊。隔天醒來，我一看到那洋娃娃就興奮的像要登天似的。

搬到向日町之後，她用富士絲綢做了一件很漂亮的洋裝給我（當然一分錢都不用，包括布料費和工錢），白色布料上綴飾許多紅色和藍色的小圓點，看起來很清爽，寬版的緞帶上附有波浪摺邊，從肩膀繞到腰際在背後打個結。一眼看去很花俏，我記得我穿著那件衣服去學校，農家和商家的小孩見到這麼時髦稀奇的衣服，便跟在我身後走；這情景就好像昨天才發生一樣。平時我的穿著相當樸素，但是那豆腐店的女兒做的衣服卻讓我綻放光彩。

母親經常帶我到他們家去。在那有著庭院的大房子裡我們備受歡迎，玩得非常開心。有個跟我差不多大的女孩，是很好的聊天對象。他們家還有當時相當難得一見的鋼琴。我最喜歡的是，那家的太太總會送一些我很想要、但母親從來不買給我的可愛裝飾品，像是用鋪棉絲綢板做成的袖珍書櫃，我十分珍惜的保存了好一段時間。

所謂的京都人家，就是這種風格吧！與一般陰沉昏暗的大宅院印象大相逕庭的是，那家的父親還會和孩子一塊去滑雪（這在當時是超級時髦的事）。「章子也一起來吧！」他們總是衷心的邀請我。然而母親是絕對不可能答應的。

父母親竭盡心力為生活而忙碌，身為孩子的我竟如此幸運，從學生的家長那裡得到這麼多禮物。而父母親是多麼辛苦啊，尤其是柔弱的母親，即使在幾乎伸手不見五指的漆黑夜色中，冒著被色狼騷擾的危險（曾經有過兩次），她還是出門去上家教。

最慘烈的一次事件是，某次，除了我以外，全家人都得了腸胃炎住進京大醫院，先是母親和弟弟，原因是吃了某家百貨公司餐廳內受到污染的什錦清湯。他們的病情好不容易穩定下來，同一年，住在大阪、年僅五十八歲的外婆卻過世了；父親後來也隨著住院，真是屋漏偏逢連夜雨！父親的養母，實際上是父親的姐姐，從兵庫縣來到家裡幫忙料裡家務和管理收支，也去探望喪妻的外公。還有多虧女傭的幫忙，總算讓我們捱過這段日子。當連父親也患了腸胃炎時，因為只剩我一人，所以我幾乎都穿著同一件衣服，襪子也穿破了。母親總算在十一月底出院，那時候我的樣子活脫像個小流浪兒。

即使一身邋遢，我每天仍然精神飽滿。那時候我小學二年級，學校要舉辦同學會，需要一段小朋友唱歌跳舞的表演節目，便決定由二年級的女生表演。該由誰來表演唱歌跳舞呢？負責的老師問班上的孩子。

「很會唱歌跳舞，長得可愛又聰明的是誰啊？」

這要是現在，一定很快就會引起大家熱烈的討論。可當時的孩子是那麼的天真無邪。有三、四個孩子被提名，不曉得為什麼我也是其中之一。竟然要我這長得一點都不可愛的人來唱歌跳舞，於是有位對這方面很擅長的女老師對我展開特別訓練，一邊唱著「秋天的夕陽映著山上的紅葉，深淺都……」以及「山中的晚霞真寂寥，出來找尋咕咕雞……」這兩首歌，一邊跳著。

指導老師詳細教我如何加強手部表情等。後來在女校也有舞蹈課程，我都跳得非常好。我想，這份「潛能」一定是從那時被啟發的。

父親的生母是個很有意思的人，她自己發明了自成一派的舞蹈。說不定我就是遺傳自她。明石那兒有座龍華寺，是父親親生的家庭，我們夏天一回去，奶奶就邀我說：

「章子，來跳舞吧！」

「嗯，跳吧，跳吧！」

因此，我跟奶奶把凳子什麼的放在大門附近當作舞台，我隨著她怪腔怪調的歌聲起舞。家人全笑著抱肚子欣賞我們的演出。我可是很認真的跳，從不感到厭煩。同學會上的表演十分成功。我穿著那穿了又脫、脫了又穿，髒兮兮的麻雀衣跳舞，沒有任何失誤。表演者還拿到鉛筆等獎品。

父親終於也在十二月十號出院。沒多久，剛好有個上京都ＮＨＫ廣播節目的機會，當時利用衛星轉播的廣播電台位於京都車站前的百貨公司（現在的近鐵百貨）樓上。演講十五、二十分鐘的演講費用，就拿來到百貨公司添購新衣。那時上廣播節目是很了不得的事，前來迎接的坐車飄揚著ＮＨＫ旗幟，一家人歡天喜地前往百貨公司樓上的廣播電台。從玻璃窗外可看見電台內部的情況。父親好像也拿到將近二十塊的演講費。

不可思議的是，母親也上了節目，理由跟在南座裏教英文的時候一樣：因為有錢賺。就當時，女人發表演講是很少見的！順帶一提，母親的演講費好像比父親少了五塊錢，讓竭盡心力以「婦女與文化教養」為題演講的母親，始終忿忿不平：「為什麼我的酬勞比較少呢？」

父親在南禪寺來往、或師從的人圈子一直不斷的擴大，不過平時較常往來的有柴山全慶先生——位於隔壁湯豆腐店「奧丹」一帶，聽松院旁慈氏院的住持。還有住在鹿之谷，正在當時的京都大學醫學部從事研究的西田久吉先生。因為大家都叫全慶先生阿慶，所以後來即使他成為管長這樣的大人物，我們小孩子還是沒大沒小的叫他阿慶。他是個深受孩子喜愛的好好和尚，相貌十分端正，一看到小孩，總是笑容可掬的點點頭。西田先生是我們家重要的家庭醫生，當一家人全患上腸胃炎時，他不但幫我們跟京大醫院安排好所有事項，還暫時照顧我！西田先生是個溫文儒雅的人，寡言且不善辭令，然而他卻能一眼看透任何人的本質好壞，特別是小孩子。他們的個性迥然不同，但不論是阿慶還是西田先生，都是孩子們的好朋友。

我的南禪寺歲月過得充實且愉快。到了昭和時期，日本歷史漸漸變得殘暴且令人心生畏懼。昭和初期的日本不久便加快她可憎的沉淪步伐，陷入悲慘的困境。儘管如此，父母親仍舊精神奕奕的過著生活。這對紮紮實實在京都落地生根的年輕夫婦，過著踏實的生活。來到南禪寺的壽岳一家人，藉由與各式各樣的人交流豐富了心靈世界，工作也有了一點雛型。父親自費出版的向日庵版[7]本書籍，讓他闖出名聲，也可以稱作是發跡作品吧。與柳宗先生[8]共同努力出版的《布雷克與惠特曼》[9]雜誌，也自南禪寺時代開始創刊發行。母親的第一本小說，也是自己的愛情故事《朝》，同樣是寫自南禪寺時代，在倉

田百三先生的《生活者》雜誌連載後，由岩波書局出版。父親也在未滿三十歲時，由名為光榮社會的有志書店發行了《威廉—布雷克書誌》一書。不因那痊癒之日無法預期的腸胃疾病，以及家裡大小瑣事而感到氣餒，壽岳一家人穩健的唱出生命的讚歌。

我總是無憂無慮的。唯一的苦差事，就是從永觀堂往北跑腿時，永觀堂前的豆腐店有個女孩，老是壞心眼的張開雙手不讓我過去。她真有大姐頭的架勢，讓我很是害怕。

數十年之後，母親臨終前在家裡的最後一晚，我跟她一起在浴缸裡泡澡，不知為何她對我說：「那個豆腐店的壞小孩在哪裡啊！」

可見我一貫的牢騷已深留在父母的腦海裡了。不過，那條跑腿路線若非她的阻撓，倒真是一條讓人感到舒適的道路。東山山麓、從南禪寺下方直到山際邊，有著寬廣的田地；還有一條我往上爬沒問題，卻下不去的小溪谷。加上現在是東山高中，過去則為東山國中的古典木造建築物；以及範圍寬敞、綠樹成蔭，環境相當優美的永觀堂境內。東山國中的前面是野村家（某大財閥）的豪宅。再過去一點，有條路可通往若王子，也會經過鹿之谷。接著是住友家的別墅，還有條熱鬧的小商店街。然後就是我就讀的第三錦林小學了。這一帶富饒京都的風味，美麗且趣味十足。

然而，父親所景仰的河上博士卻因參加激烈的抗爭活動，被捕入獄；母親的舅舅和阿姨也因集會牽扯上治安維持法，被關進了拘留所。父親天天為了這些事到處奔走。

東山高中。從南禪寺出發，位於遼闊田野及涓涓小溪後面的東山高中。當時的校舍是古典的木造建築。

父親義無反顧的便從赤裸裸的政治世界，來到關係有點遙遠的文學領域，並陷入以布雷克為主軸的研究領域裡。對於一路上支持他的母親及家人來說，這個轉變絕非壞事，相反的，日子反而過得更多姿多采了！

繼腸胃炎的悲慘事件之後，有越來越多搬離南禪寺這個家的理由：父親的藏書與日俱增，孩子們也漸漸長大，再加上父親的義弟（在領養父親的寺廟處所誕生的外甥）為了上學方便，不得不寄住在我們家。最重要的是這個租借來的、南北狹長的房子，採光既差，又有積水等問題，相當不方便，更讓體弱多病的母親情況越來越不樂觀。因此也該是考慮下一個住所的時候了。

一九三三年（昭和八年）六月，我們搬到現在所居住的向日町。買了一百坪的土地，借錢蓋了房子。就在這裡展開漫長的生活，直到現在。

打從我出生到現在所住的地方，全都位於京都。雖然向日町不在京都市內，不過生活上的各種倚靠依然沒有改變，仍舊是京都的感覺。在我六十三歲之前，生活上的重心大抵相同。

向日町是個相當不錯的地方，若要跟京都市內相提並論，當然還需要很多條件。雖然它在京都市外，但也可以稱作是準市內吧！父親原本任教於京都市內的龍谷大學，接著到關西學院大學，最後換到甲南大學和兵庫縣。而我除了在東北帝國大學的三年之外，從女子高中、專校，到大學畢業後就讀的京都大學舊式研究所，以及之後任教的大學，甚至到退休全都是在京都市內度過。

聽說，沒有在京都居住超過三代，就不能算是京都人。這麼說來我好像沒有達到這個標準，儘管如此，我的生活與京都可說息息相關。而且會一直持續到我不在這世上為止。住在京都的人大多活在與京都濃厚的情感之中。我們一家人從以前到現在，也的的確確和京都結下了不解之緣。

## 與內藤掃帚店結緣

一九七八年夏天是個相當酷熱的夏天。汗腺發達的我渾身是汗，但仍舊習慣用快速的步伐，把京阪三條當作目標，快步走在河原町三條南邊的人行道上。經過三條小橋，在即將進入大橋時，我稍微看了三條通的對面。不知道為什麼，每次一來到這裡，眼光就會飄向那裡。

整排都是土產店的熱鬧街上有家很特別的商店，它既無花俏的招牌，也沒有費心將店內裝潢得入時新穎。玻璃製的陳列櫃裡，擺放著各種精巧的刷子、刷毛之類的。原本是擺放在外頭鋪著木板的泥土地上。店內掛著很多掃帚，特別是精緻的棕櫚掃帚。

沒錯，這是家掃帚店，店名叫作「內藤利喜松商店」。自從父親他們定居京都以後，便經常去那裡買掃帚。我們幾十年來都是用這家店的掃帚來掃地，因此這家店讓我很懷念。「老闆娘，妳在不在啊？」我放慢腳步探頭問道，「在啊，在啊！」內藤家的太太穿著黑色洋裝坐在榻榻米的木框上。坐在昏暗店內的她身材苗條，質地柔軟的黑色衣服看起來很涼爽。每每回想起這家店與我們家的深厚關係，內心總會湧上許多回憶。

除了外出閒逛之外，原本就喜歡將身邊事物整理得井井有條的父親，特別喜歡大掃除。

這裡有一幅畫，是我小學二年級的作品。我並沒有特別想要把它記錄下來，不過現在一看，確實是呈現出當時家裡的樣貌，也就是我們家打掃的情景。

主角是父親。畫裡是南禪寺內六蓆大的房間，主要是我或弟弟在使用。拿著內藤家掃帚的父親，在家裡總是穿著和服，實際上還繫有掛起和服長袖的帶子，但是很難畫，所以我就省略了。母親手裡拿著撢子，那撢子也是父親做的。

現在我幾乎使用吸塵器，但還是會留下幾把掃帚。樓梯下放著三把棕櫚掃帚、一把東京掃帚；二樓的儲藏室有一把東京掃帚及一把掃樓梯的小掃帚。那棕櫚掃帚並不是一

般吊掛在「內藤掃帚店」的那種，而是特別訂做的。家中掃帚的種類繁多，強壯有力的父親所專用的掃帚加了很多棕櫚子，十分厚實；而柔弱纖細的母親專用的掃帚，則不需費勁就能夠掃得很乾淨。

製作撢子也是我們家很重要的一項例行公事。唉，不知道已經幾年沒有再做新的了。我們家經常打掃，因此綿密的撢子沒用多久就變得稀稀疏疏。撢子的材料非軟棉布莫屬，軟棉布的質料最適合用來做撢子，輕薄有彈性，結實又耐用。軟棉布以前就有了，使用頻率非常高，和服、短外褂、長襯衫、被套、腰帶……所有平常穿的衣物全是用軟棉布製成。針線包用的也是軟棉布。它不

我家打掃的情景。這是我小學二年級時的作品

沾水的特性，即使是下雨天也不用擔心。連裝木頭量尺的袋子都是軟棉布做的。

就算又舊又老，或是被蟲蛀了小洞的衣服，我們仍是反覆的一穿再穿；不論是百貨公司、還是城鎮裡的綢緞布店中，都擺有很多軟棉布。面對那一卷卷的軟棉布，我們享受著挑選花樣的樂趣：輕輕的將布匹展開，剪下我們所訂購的貨品。花樣有小巧的花朵、別致的條紋、小鳥或小狗的可愛圖案，千變萬化十分豐富。價錢也很公道，是相當平民化的衣料。

我們家有很多軟棉布的舊衣服，母親負責把這些衣服整理收藏起來，等到要做撢子時，再從壁櫥裡拿出來。先解下破損不堪的舊撢子頭，父親會將母親撕成一條條的布緊密集中在一起，黏在竹子的前端，為了避免脫落，最後會再緊緊的綁上麻繩。

新製的撢子剛開始會有點重，需費點力氣才能揮動。而且那些被撕開的布條還會掉下許多棉絮，雖然有點麻煩，不過只是小事一樁。要沒多久撢子就變得好用極了，令人感到開心。

我最擅長的是做抹布。我本來就喜歡隨意更換毛巾，因此累積了不少舊毛巾。將毛巾折成三折，大針大針的縫合起來。柔軟一點的毛巾比較好縫合，因為，折得太多層太厚的話，針反而會穿不過去。不過，就算再怎麼喜歡打掃，抹布也不會像紙張消耗得那麼快。我目前積存了兩百條左右親手做的抹布。

在母親身體還算健康、父親也不像現在手腳這麼不靈活的時候，我家的大掃除可說精采萬分：是那種「一起來大掃除！」的感覺。當全家人卯起勁來抹抹擦擦、洗洗刷刷的同時，我總會特別注意父親帶頭辛勤打掃的樣子。

戰爭結束後不久，有一天，父親到做白衣的店鋪去，原來他是要做一件可以套在和服外面、做家務時穿的圍裙。因為像這樣每天打掃，只掛起袖子的和服還是會被弄髒，母親也經常抱怨，所以父親才想出這個辦法來。

鄰居們想必對父親那身打扮議論紛紛吧！父親笑說，外頭收破爛的對著在籬笆裡忽隱忽現的白衣人叫「太太」；母親則告訴我們，對面那家的小男孩竟然問他母親說：「媽媽，太太是指壽岳家的伯伯嗎？」

有位著名的哲學家，不僅不打掃，聽說當他在書房閉關時，家人連揮動撣子都不能發出聲響，大氣也不敢喘一下。母親一聽，馬上說我們家可不一樣。孩子們絕對無法想像少了父親身影的打掃光景。所謂的大掃除，是我們家充滿魅力的例行公事之一。父親一副幹勁十足、身手矯捷的樣子，上半身打著赤膊披上一條大浴巾；下半身穿著一件短襯褲，額頭上緊緊纏著布手巾，威風凜凜的出場。住在南禪寺時，連地板都全部拆下來立於向陽處，把受到烈日曝曬而呈現翹曲的板子依原狀擺回去，再鋪好榻榻米時，都已經是晚上了。這件事情，每年大掃除的時候，母親都會重述一遍：

「真不知道該怎麼辦才好，我背著小潤坐也不是，站也不是。結果檢查的警察一來（當時會有警察到家中檢查大掃除的成果。真是個嚴厲的時代！），哇，這可真了不得啊！然後馬上就走了。他一定認為我們是請人幫忙才弄得這麼乾淨。夏天很晚才天黑，好不容易終於大功告成。你們的爸爸啊，就像金鋼大力士一樣努力唷！」

這件事大家聽得耳朵都快生繭了，不過只要大掃除，還是很期待能聽到這個故事。

「好嘛，說說那個故事啦！」

彷彿是孩子們在央求母親說個老故事一般。母親依舊從容的、笑容滿面的說道：

「這可真不得了啊！怎麼把全部的地板都拆下來啦。」

父親則是一邊苦笑一邊擦擦汗，靜靜的聽著。

為了方便這項作業，向日町家中的地板，在建造時就把一部分的地板整齊分割好，因此不會像在南禪寺時那麼勞師動眾。地板的通風口也做得很完美。

「那情景真是壯觀啊。長長的木板一字排開曬太陽，好像木頭工廠一樣！我這個人很會窮緊張，真是操心死了……我既沒力氣，背著小潤什麼忙也幫不上……」

母親的往事，現在聽起來還是相當有趣。

大掃除用的道具收放在櫃子裡。用來敲打榻榻米的竹棒並非整支筆直，而是在握把的地方弄得有點彎曲，相當合手。咻咻的掃過榻榻米的掃帚、踩著地板的稻稈草鞋，一切都準備就緒。曬榻榻米的時候，在每片靠立的榻榻米中間嵌了一個白鐵製的盒子，裡頭擺滿了大小約十公分、被劈成兩半的竹子。

沿著用粉筆在房間所畫出的位置表，鋪上報紙、灑上樟腦丸粉末，然後再將曬乾的榻榻米鑲進去。接下來的步驟十分累人，讓父親的浴巾濕了好幾條，那就是將分割成小片的榻榻米蓆面疊好，並把稍微凹凸不平的榻榻米弄平整。這部分的作業最花時間。長大之後，弟弟擔任助手的角色，在小爭吵中好不容易完工時，就會有西瓜當作點心。父親還備齊了用來高掛榻榻米的鉤子，這項作業做得相當仔細。

「這種事都沒有人要做了，只有我們家還會喔！」

母親一方面覺得開心，但還是發牢騷似的說著。我們家是個樂於打掃的家庭。不管是哪個房間的木板套窗，每星期會固定一天用撢子將窗櫺撢一撢。母親過世、父親手腳不方便、弟弟人在東京，因此現在家裡的掃除不得不全仰賴我這雙手。將木板窗櫺撢淨的工作仍舊按照過去的習慣進行。彷彿像是來媳婦家做客的婆婆一樣，我在別人家或是住旅館，只要見到木板套窗，就會無意識的用手指拂去窗櫺上的灰塵，重溫一下打掃家裡的感覺。

抹布除了一般的濕抹布之外，還有好幾條擦乾用的抹布。擦拭走廊的、桌上的、櫥櫃的……分門別類到有點複雜的程度。雖然現在有種花邊抹布，不過以前全是用父親細

三條大橋西側的「內藤利喜松商店」。掃帚充滿著製作者與使用者的愛心及歷史。

心縫製的油抹布。

工欲善其事，必先利其器。要將屋子打掃乾淨，最重要的就是道具。這也是父母親的信念。於是，我們家便順理成章的與內藤家建立了深厚的交情。「內藤掃帚店」內的各種產品，我們家大半都有，除大掃帚之外，還有各式各樣非常可愛的棕櫚製品，像是很適合用來清掃縫隙的各種專門工具。內藤家的產品真的很耐用。而要延長工具的使用壽命，最重要的就是，你對待它的心；工具一定要好好愛惜。就像使用掃帚時也有一定的使用方法。內藤家的掃帚本就品質優良，加上做得紮實，所以很難像所謂的長柄大刀法那樣揮動。不過，還是需要用正確的角度掃地。為了不讓掃帚磨損的方向不一，掃帚不能拿得太斜或是胡亂擱置，一定要好好的對待它。我家也做了很多把東京掃帚，但是它們的前端已漸漸光禿，淪為屋外專用的掃帚。雖說清掃屋外一般是用竹掃帚或耙子，然而在掃水泥地面或清水溝的時候，舊的東京掃帚可就相當好用了。就這樣，內藤家掃帚將我們家裡裡外外打掃得乾乾淨淨。

內藤家的老闆是個不錯的人，他是個虔誠的佛教徒，也是知恩院施主，為人穩健，專心致力於掃帚的製作。不知道現在傳到第幾代了。前三代的老闆曾拿過一把可說相當有來頭，在京都博覽會上展示的棕櫚掃帚給我看。掃帚雖然在博覽會上顯得格格不入，但是人們一看到這近百年前的掃帚，便能夠明白何以它會被拿出來展示了。這把掃帚的握柄比現在的要長，是支一體成形的掃帚。老闆讓我試著掃掃看，雖然有點沉，不過掃起來的感覺十分奇妙，只要輕輕柔柔一揮，就能把那些小紙屑給掃了出去。以前的人真是太了不起了！掃帚這東西，仔細端詳會發現它的美感。成捆的棕櫚或掃帚草，用繩子縫綁成束，這種精心製作出來的物品，既實用又美觀。在博覽會展示的掃帚真是美極了；製造者的心意實在讓人懷念。

現今店舖是由內藤家的太太一手掌管。那位像活佛的伯伯在幾年前去世了。聽說他是在工作了一會兒之後，覺得有點累，便喝了杯茶稍事休息，然後就咚一聲倒地不起。他應該算是壽終正寢吧。我們都說像他這樣的人一定會到西方極樂世界。

遺憾的是，掃帚店後繼無人，只有老師傅辛勤的不停工作著。一想到再過不久內藤掃帚店也將成為歷史的一部分，心裡即感到無限的悽涼。

聽內藤太太說話是件很有趣的事。她是從下京那邊嫁到這裡來，為人非常坦率，即使上了年紀還是喜歡跟人聊天，聽她說話一點都不會煩膩。京都的女人分成好幾種類型。她說話充滿善意，聽者無需戰戰兢兢的，能夠很安心聆聽。她完全沒有京都女人那種令人討厭的氣息。與中京那邊大戶人家的女人，那種小心謹慎、深怕被抓到小辮子的說話模樣完全不同，她是個相當率直、毫不做作、落落大方的人。

已故老闆經常參拜的知恩院裡，舉辦有暑期的曉天講座[10]，我曾在那兒演講過。之後，因為用了多年的浴室棕櫚踏墊磨壞了，就到掃帚店去買。內藤太太說她聽過我所的演講，因而陷入對她先生的回憶思緒中。後來她幫我把踏墊包起來，但無論如何就是不肯收我的錢。那塊踏墊編織極紮實牢固，看來我以後都不必再買踏墊了。如果另外一個世界也有浴室可以用的話，我想帶著這塊踏墊一起去。

現在回想起來，當時才二十出頭的父親竟能發現這家店，這段已經六十幾年的交情，想必就連掃帚也感同身受。

## 清水寺官府御用的「疊三」榻榻米行

接下來談的是內藤掃帚的清掃對象——榻榻米。聽說現在的新房子幾乎沒有房間是鋪榻榻米的了。我家剛開始在九個房間當中，有七間鋪了榻榻米，不過，其中有兩間已經改鋪木板了。即使如此，家中還是有二十九蓆半的榻榻米。而幫忙我們更換那些榻榻米蓆面的，就是京都有名的「疊三」榻榻米行。

父親承受這家店的老闆諸多照顧，如今店務由老闆的兒子掌管。如先前所說，父親先到東寺國中當老師，後來再到東寺國中的直升校京都專校教書。這份工作除了得到米糧外，實際上還能接觸到往來於寺廟形形色色的人。「疊三」的老闆也是其中之一。

剛結婚的年輕英文老師，與京都歷史悠久、老字號的榻榻米行的壯年老闆，居然有了一連串的交集。不知道為什麼，他們就是很合得來。京都名剎、神社裡的榻榻米幾乎都是出自「疊三」師傅之手；我們這小小家中的榻榻米也都由他們負責。從大正年末到現在，長期以來受到「疊三」的照顧。這是何等的幸運啊！

京都的寺院、神社數量多到數都數不清，特別是讓前來參拜的人瞠目結舌的大型寺院，比起其他任何一個都市都要多！這些寺院都鋪上許多榻榻米。眾多香客來來往往，榻榻米的網結很快就被壓壞，並逐漸磨損，因此更換榻榻米蓆面是常有的事。當然，單靠「疊三」難以完成大工程的全部作業，這時，他會邀請夥伴來一起進行。

「疊三」幾乎不接一般家庭的案子，卻經常到我家上工。甚至在戰時，材料短缺的情況下，也還是想盡辦法弄了。另外，為了要在門口旁的「疊三」榻榻米邊緣裝上書架，必須將兩蓆榻榻米的邊緣切去，縮小榻榻米的尺寸，就算是這麼麻煩的工作，他也不曾因此露出不悅的表情。

不久老闆過世，由兒子中村三次郎先生繼承衣缽。我們家也暫時由我負責家務。第二代之間的相處也很愉快。隔了一年左右，家中某處的榻榻米蓆面不得不替換。雖然只有五、六張，年輕老闆也沒有一絲的不悅，仍然幫我們處理得很好。我絕對不想把地板

全改成木頭，不管怎樣，還是榻榻米比較好。可以愜意的躺臥、隨意匍匐，雖然樣子不慎美觀，偶爾邊吃點豆子什麼的（這讓我想起煮豆攤）邊看自己喜歡的書，可說是人生最棒的享受！換成是床鋪或沙發的話，就會失去那種感覺。把藤編的枕頭從壁櫥裡拿出來，躺在吹著微風的走道上睡個午覺，沉浸在夏日午後的太平氣氛中。或者是立刻攤開雙陸棋的紙盤，捲起紙牌，托著下巴、目不轉睛的專注於棋局……日本文化也可說是從榻榻米上孕育而生。這軟硬適中的墊子實在太完美了。我們家因為不鋪地毯，所以能夠實實在在的體會榻榻米的好處。

曾經有一次，父親那邊的親戚突然

掛在「疊三」正門的掛牌。這裡是個榻榻米王國。京都的寺院沒有一間不鋪榻榻米的。（下京區鹽小路通豬熊往西）

一口氣來了五位，當時鋪榻榻米的房間比現在還多，只要備齊棉被，客人就可以留宿。

據說，桑原武夫先生之所以能將滑雪運動在日本推廣得如此成功，完全是因為榻榻米的功勞。在信州及東北地區等地，全家人習慣圍著火爐擠在一塊睡覺，而這也成為他推展滑雪的原動力。

從和室榻榻米所發展出的日本文化，任何人都會察覺兩者之間的關連；從這方面去考量也相當有趣。由此，家庭代工等也跟榻榻米扯上了關係。屋裡散了一地的代工材料，有時是線圈，有時是玩偶、扇子、小盒子……一到吃飯時間，或是有客人來訪時，迅速的將材料推到牆角，用布遮蓋起來，假裝沒有事的樣子。總而言之，滑雪和副業都與榻榻米有著不可分割的關係。

以前都是師傅到家裡來幫我們換榻榻米。當時不像現在這樣車水馬龍，再加上我們家位於住宅區的邊境，幾乎沒什麼車輛經過。師傅在櫻花樹蔭下工作。他先組裝起一個像框架的東西，再放入榻榻米、將蓆面換下，光看那嫻熟俐落、按部就班的動作，頓時心中的煩悶一掃而空。只見師傅巧妙的運用手臂，以精湛手法將邊緣密實的縫合。完成之後，再一口氣將榻榻米扛起，迅速拿進屋內一張張鋪上。這時家人們可不會袖手旁觀，會很有默契的先鋪好報紙。

如果天公作美的話，換一間房的榻榻米蓆面用不著多少時間，只要一天就能擁有一個散發出清新香氣的房間。「太太及榻榻米還是新的好」，這種輕佻的話在我們家是不會有人說的；大家只是在享用晚餐的時候，笑咪咪的說：「好舒服唷！」

榻榻米翻面使用也會有全新的感覺。當正面與背面的蓆面都必須更換的時候，我們總是特別高興，因為孩子們可以得到舊的榻榻米，可拿來當作玩家家酒時的新客廳。

家中的榻榻米地板做得比一般住家的還要堅固些。為了那些出入寺廟的人，做工可不能敷衍了事。大掃除的時候，父親一個人雖然抱得動，但他總會叫我們姊弟倆擔任搬運工，把家中物品小心翼翼的搬到外面去。不過在戰爭結束後，弟弟因獲得傅爾布萊特獎學金[11]，離開日本赴美留學四年，於是我便成為掃除時的重要角色。弟弟本來就不喜歡大掃除這種勞動筋骨的事，不用大掃除的他不曉得多高興呢！我這個姊姊老是仗著自己力氣大總是逞能的說，「我可以一個人搬一張」，硬是卯足了勁去搬，等到第二天，才發現腰部與手肘的肌肉痠進了骨頭裡去。

戰爭剛結束時，管理人造纖維的大原總一郎先生曾招待我們一家到他在京都的家中作客。那是位於北白川旁的宏偉建築物、寬敞的日式庭園，是我們家的好幾倍大！真是令人嘆為觀止啊！從正門到客廳的長廊，還有用過飯後，從房子盡頭走到擺有鋼琴的起居室，那走廊也有一大段距離都鋪著許多榻榻米。那些榻榻米踩起來的觸感比我們家的要紮實，絲毫沒有不緊密的感覺，讓我深切感受到他們富有的程度。

我們家雖然不算富有，不過在五十多前，尤其是使用頻率很高的起居室地板更是損壞嚴重，因此大約在兩年前更換榻榻米蓆面時，便趁機一併換過。如今無論是踩踏或是坐臥，感覺都與大原先生家的地板一樣紮實，跟二樓我房間那鬆散散的情況大不相同。那時我可是下定決心，才將家中地板重新改裝成現在這樣呢。

如果要更換榻榻米，打電話到「疊三」去，老闆馬上就會到家裡報到，幫我看看是哪個房間的榻榻米。這不單單僅限於生意上的往來。我與父親都非常喜歡跟這種有手藝的人聊天，只要時間允許，便會在茶室跟他們一邊喝茶一邊談天。

即便是榻榻米行中的老字號，老闆一點架子也沒有，相當平易近人，總是告訴我很多有趣的事。老闆上次來的時候，還告訴我在清水寺遇見有名的山下家五胞胎[12]的故事。這是個悲傷的故事，清水寺的大西良慶管長先生仙逝時，因為山中的人都很重視這件事，所以聽說有往來的店家全都趕去幫忙，「疊三」也飛奔而至，結果正好遇見五胞胎前來向幫他們取名的大西先生告別。

我心想，原來是這樣啊！有位朋友的父親逝世時，我曾到山科小野的隨心院去弔喪，上完香、悄悄走出門口時，突然有個人叫道：「老師！」一看原來是「疊三」的中村先生。礙於場合不能過度喧嘩，所以短暫寒暄後我便離開了。經過這次事件，我才知道原來他們都是這樣往來於各座寺院幫忙。

戰爭結束後，榻榻米的世界也理所當然的機械化。到顧客家工作的情形已不復見。裝載著榻榻米的卡車，像一陣疾風似的運到工廠；不同於以往的手工縫製，彷若縫製洋裝的縫紉機一樣，機械嗟嗟嗟的縫合。我很想了解機器縫製的過程，於是在好奇心的驅使下，我拜訪了桃山的榻榻米工廠。雖說是工廠但規模並不大，內部兼具倉庫與作業場地。然而這裡比起以前榻榻米店舖門口的泥巴地，確實寬敞明亮多了。

這一項需要縫製的工作，是將榻榻米縫在地板上，接著再用一種大頭針將邊緣緊緊縫合。

一般來說，走在京都街道經常可看見榻榻米行。在我任教的京都府立大學、下鴨一代的商店街，榻榻米行多到不可思議。人們驚訝，怎麼會走到哪裡都是榻榻米行。「疊三」的中村先生告訴我，這三百家榻榻米行會集中在這裡，是因為那些為數可觀的寺院。京都幾乎沒有戰禍（並非未遭到空襲，像京都最繁華的地方也被丟了兩次炸彈，損傷相當嚴重，建築物被破壞的慘不忍睹），老舊的房子很多，因此榻榻米的需求量也大。此外，京都是全國學習日本傳統藝能最興盛的地方，每個年代都有許多人致力於茶道、花道。在那些人的世界裡，榻榻米是絕對不可缺少的。

說得誇張一些，京都可稱是榻榻米之都。從高樓大廈的窗戶往下眺望，那綿延不絕

「疊三」的工作現場。榻榻米充滿生氣的生存在現今的京都裡。（伏見區深草西浦町）

鹽小路上的軟片行「淺野相機照相館」。旁邊立有一座比薩斜塔。這也是京都街道上的一幅情景。（下京區鹽小路通岩上往東）

プリント
アサノ

的舊銀黑色瓦楞是幅相當美麗的風景。另外，在中京、上京一帶，某些格局細長的房屋內又建蓋了小而典雅的中庭。

那樣的房子我拜訪過好幾次，十分了解房子內部的擺設。雖然有些房間已改為西式，但大部分仍為日式房間，裡面也都鋪滿了榻榻米。總而言之，京都人是非常愛惜榻榻米的。對於不常使用的房間，為了避免陽光把榻榻米曬壞，會將木板套窗關上。發黃裂開、一副窮酸樣的榻榻米，對這個家庭來說是種恥辱，所以京都的女人們總是對家裡整齊乾淨的榻榻米自豪不已。

於是，多得有點離譜的京都榻榻米行，也就隨之欣欣向榮。

京都下京區、第一飯店的北邊，沿著

西本願寺正堂。除了有像眞宗王國那樣穩重篤實的美感之外，幾何學圖案也相當時髦。

鹽小路通稍微向西走，南邊就是「疊三」的店鋪。父親年輕時經常前去拜訪。房屋的構造幾乎跟從前一樣，只有一小部分經過修整。以前的作業場地現在變成停車場，然而當車子開走時，當時的情景總會浮現眼前，和新的作業場地對照起來，不禁讓人感嘆時代真的變了。不過幸好改變的並不是一切，本質仍一如往昔。

各個寺院的「御用達」[13]掛牌掛滿了牆壁。似乎京都有名的寺院全部在上頭，想到我們家的牌子也混雜其中，雖然高興但也油然升起莫名的害怕。不過，只要想起「疊三」對我們家跟清水寺是同等對待時，心裡就會感到相當安慰。

「疊三」的老闆也是出生於滋賀縣。京都有很多人是從滋賀縣的琵琶湖附近搬來的。從琵琶湖抱著雄心壯志出來闖天下的男人們，在京都或大阪各地落地生根，現在都已事業有成、擁有不錯的口碑，成為道地的京都商人。

「疊三」的房子據說是明治初期時建造而成。那一帶的土地因為鋪造鐵路及蓋車站，因而時常有變動。中村家眼看京都大門改變的同時，也犧牲了自家屋舍的發展。「疊三」是京都重要的店鋪之一。總之這家店鋪並不是靠著絢麗外表引人注目。樸實是它的特色，而這也是京都真實的一面。

七條堀川的興正寺。京都過去很有權力的總本山[14]，再加上這相襯的建築，爲文明14年經豪所創建的淨土眞宗興正佛光寺派的總本山。

## 譯注

1裝束司：從前日本宮廷的婚喪喜慶中，負責安排各種衣物裝飾的官職。

2oashi：為日本古代宮廷女性用語中的「錢」之意。

3河上肇先生：1879～1946，日本著名的馬克思主義經濟學者，同時也是一位思想家、作家，著有《經濟學大綱》、《貧窮物語》等書。作者的父親壽岳文章由於和河上肇的情誼，著有《河上肇博士事》一書。

4叮叮電車：市區電車的暱稱。過去電車靠站時，車掌便會搖鈴：「叮叮，某某站到了」，因此而得名。

5石川五右衛門：豐臣秀吉時代的盜賊。企圖盜取秀吉的千鳥香爐失手被捕，最後被處以烹刑。他以擅長高超忍術的大盜形象，活躍於傳統戲曲中。從京都南禪寺的山門眺望春天景色，是五右衛門在歌舞伎中的標準動作。

6管長：在日本佛教、神道教的一宗一派制度中，管理及支配宗派的領導人物。

7向日庵版：作者壽岳章子的父親壽岳文章為英國文學、書誌學的學者，並對和紙有相當研究。其自費出版的書籍便稱作向日庵版。

8柳宗悅：1889～1961，日本民藝運動的創始者。為了保護因工業進步而日益凋零的傳統行業，對傳統民間手工藝的振興與提倡不遺餘力。

9布雷克：William Blake，1757～1827，英國浪漫時期的詩人與藝術家，「一沙一世界，一花一天堂」為其著名詩句。

惠特曼：Walt Whitman，1810～1897，美國詩人，歌頌民主精神，讚美人民的勞動，代表作品為《草葉集》。

10曉天講座：從早上開始的佛法講座，弘法結束之後，信眾通常會一同享用早齋。

11傅爾布萊特：由美國政治家傅爾布萊特（James William Fulbright）推動，美國新聞總署所提供的獎助學金，目的為了促進美國與世界各國的青年學子彼此留學、交換學生。

12山下家五胞胎：一九七六年出生於日本鹿兒島，是日本第一對五胞胎。他們因為故事被拍成紀錄片，並在電視上播放而聲名大噪。由已故的清水寺管長大西良慶為五胞胎命名。

13御用達：幕府及近代受到政府許可，得以提供用品給皇宮、官府的商家，又稱作「御用商人」。提供用品給寺廟的商家也適用此稱號。

14本山：日本佛教的流派中，擔任其餘小廟中樞的寺院。大本山為本山之上的中樞寺廟，而總本山則是指該宗派中，總括所有本山的領導寺院。

# 2 我家的服裝故事

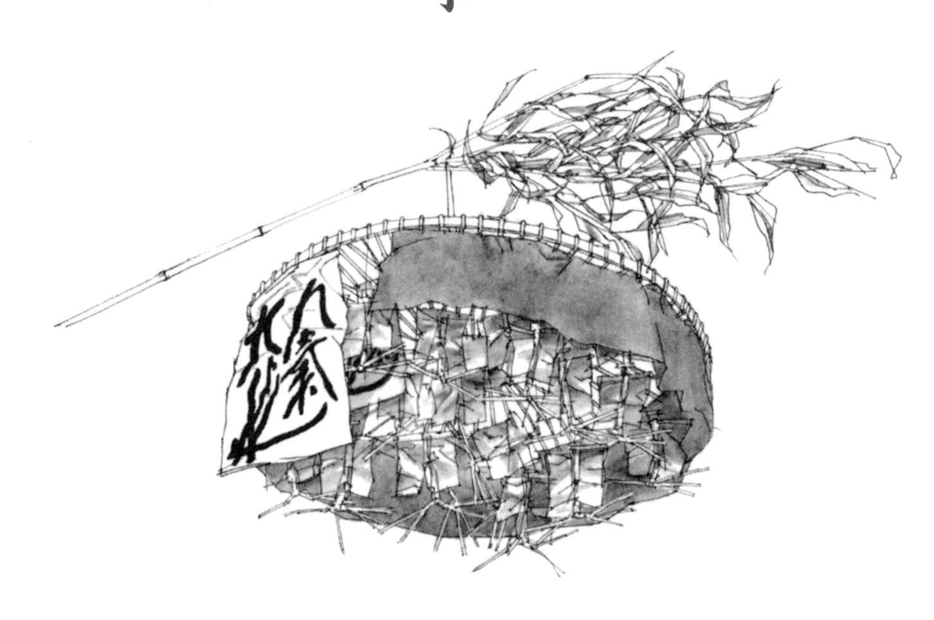

## 提供我家服飾來源的四條通財神祭

比起居住上的多采多姿，我家在穿著方面就不那麼講究了。尤其是母親，她的穿著與其說是樸素，還不如說是簡單更為貼切。而父親由於年輕時生活貧困，所以只要衣服沒有破損，又還符合他的眼光大概就滿意了。

剛搬到京都時被竊走的東西，幾乎都已經找回來了；再加上家中的收入大多用來買書，添購新物品的機會根本就少得可憐。然而母親美麗的臉龐卻散發出充滿自信的光彩，她絕不是有什麼穿什麼、馬馬虎虎的人，就算不花大錢，母親還是可以打扮得漂漂亮亮。

她會在減價大拍賣的時候去購物，就像是現在的折扣活動。當時京都常舉辦各式各樣的活動。母親偶爾也會到百貨公司去找些品質還不錯的便宜貨，她不會大肆採購，也幾乎不替自己買東西，事實上她是個很有節制的人。大約在進入深秋，即京都有名的財神祭[1]前後，就是好東西大量出清的時節。當時的四條通跟現在不同，有許多不錯的店舖，店家們會趁著這段時間，把一些庫存好貨整理出清。對於孩提時代的我來說，「財神祭」總會讓我興奮得心跳加速。晚上跟著母親一同走在熱鬧的四條通上，母親會買好



（前頁）廣受歡迎的惠比壽神社之財神惠比壽。

多東西給我：像是洋裝、草鞋和和服等。現今的四條通跟那個時候完全不同。過去，四條通服務相當周到，有著京都特別的風格，這些店鋪的門面不大，但氣氛幽靜。店內雅致且用心的陳設著優質商品，這是將四條通拱上京都第一商店街的一大力量。在財神祭的期間，商家們熱鬧的拉起紅白兩色的幕簾；在許多商品貼上表示折扣的紅色標籤。

至今我還記得名叫「知更鳥」的洋服店、「越後屋」鞋店等，雖然現在已經都不在了，但它們在當時可都是相當好的店鋪呢。「市原筷子鋪」至今仍營業著。然而有名的漆器店「三上揚光堂」則和其他老舖一起消失了。

從黃昏開始，火紅的燈光便開始吸引人們的心，客人們一波波的湧進，而我也帶著興奮的心情跟母親一起出門。我只記得搬到向日町之後的回憶，那個時候我們會提前把晚飯吃完，搭乘現在的阪急線，從當

我的家人。我身上穿的衣服也是在財神祭時買的。這是我小學一年級的作品。

北野天滿宮。天滿宮內供奉著學問之神，能保佑我們順利入學，許多年輕人群聚在籤牌前，祈求考試合格或學業進步。

時新京阪的終點站四條大宮，坐著市區電車到大丸百貨公司前，從那裡走到河原町四條，一邊閒逛一邊買東西。

記得母親在「越後屋」買了雙紅天鵝絨的草鞋給我，還有小學的時候，在「知更鳥」買了件漂亮的絲綢洋裝。母親很少買洋裝給我，所以我覺得「知更鳥」的那件洋裝美極了，心裡高興得不得了。讓我來介紹一下小學一年級時的自畫像。畫中我所穿的衣服也是趁著財神祭在「知更鳥」買的。另外，這幅畫畫的是在暑假我們回父親老家的情形，但可笑的是，父親居然穿著冬天的披肩外套。由於父親的衣服很難畫，結果竟然畫成了這個模樣。

在財神祭所買到的商品，多少是因為某些原因才會被拿出來拍賣，比如說有小瑕疵、有點髒，不過都還能夠使用。

看在京都人的眼裡，這種添購衣物的方式是十分窮酸的。我永遠也不會忘記，某次在女子學校的裁縫課上，我跟朋友提到財神祭時，有個朋友以非常詫異的表情對我說：

「咦！章子，你們家會去財神祭那種地方啊？」

我到現在都還記得那個人的名字，她絕不是個心地不好的討厭鬼；她長得白白胖胖、人品非常好，是我很喜歡的朋友。那時我雖然「嗯」的點了頭，但她那過於驚訝的表情，的確讓我覺得有點受傷。

正因為她不是那種有心機的人，所以對我家去財神祭這件事，她的驚訝絕不是裝出來的。其實，我所就讀的京都府第一女子高中是個貴族學校，大多是有錢人家。我曾因同學家的宏偉而感到吃驚，第一次見識到什麼叫作豪宅。我想住在那種豪宅的人，是絕對不會去財神祭的，他們買東西的方式應該跟我們家不同。這並不算是奢侈，但他們有可能直接從批發商那裡採買，或是讓店家的人直接把貨品送到家裡來。趁著清倉大拍賣時採購物品，卻是普通人家的生活智慧。

當然，並不是所有府立第一女子高中的學生都對去財神祭感到不可思議。也有很多同學比我家更為簡樸。那些人家必定也會去財神祭吧！總而言之，就在我念女校的這段期間，我了解到這世上有些京都人是跟財神祭無緣的。這應該可以說是讓我明白人生百態吧！

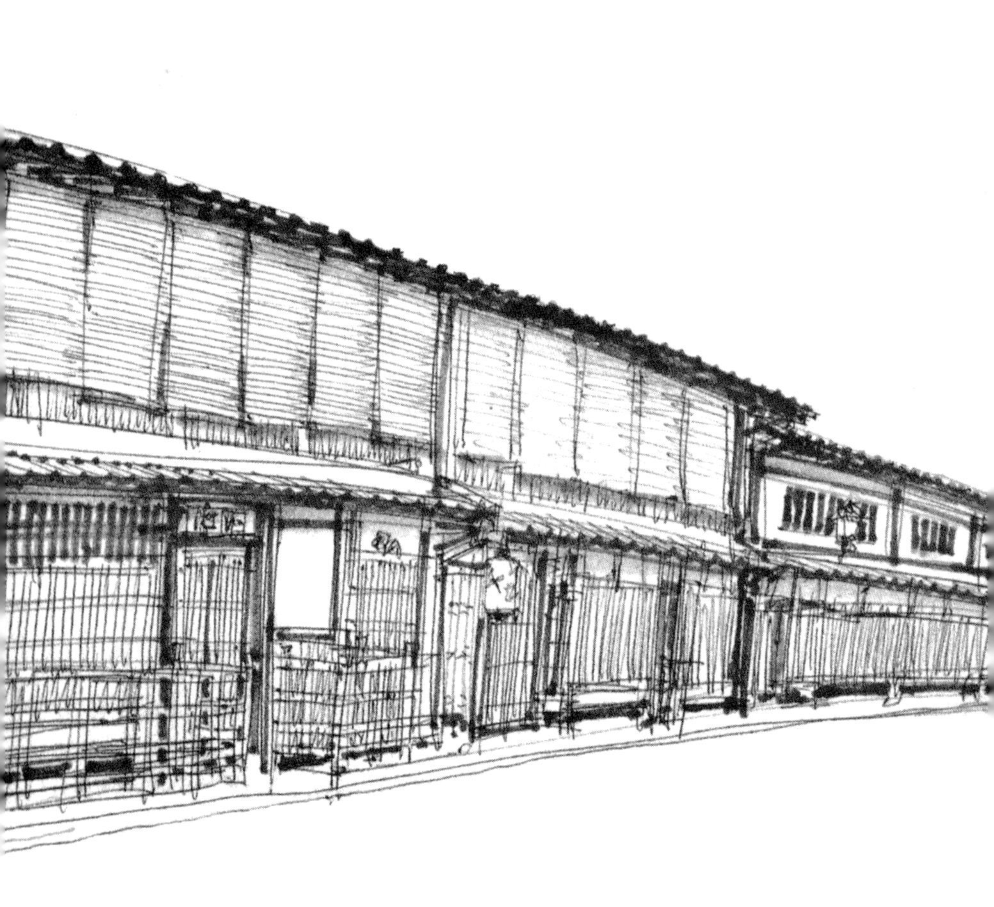

上七軒的茶館「藤谷」，緊鄰西陣區的古老花柳街，飄散出一股獨樹一格的情趣。（上京區今出川通七本松往西的眞盛町）

千本釋迦堂前的編織材料行「稻垣機業」。這種屋頂上的陳列館，唯有在西陣[2]這個編織之城才能看到。（上京區七本松通五路下行途中的東柳町）

刺拔地藏尊

那天回到家之後，我把這件事告訴母親，她聽了有點不太高興。

「那也沒什麼啊，又不是什麼丟人的事！」

母親這麼說道。

## 綛綢、棉綢、絲綢等五顏六色的綢緞

不論母親還是父親，平常在家裡都是穿和服。不僅如此，除了去教書以外，出門時也一律穿和服。現在衣櫥裡還收著當時的和服呢。除了早上穿的晨禮服，還有一些繡有家徽的和服裙褲。另外，還有一套偶爾我會拿出來讚賞一番的華麗麻料和服單衣[3]及裙褲。父親在一九三七年（昭和十二年）獲得有栖川宮獎學金，那時他正著手研究當時日本的手抄製和紙，而這套華麗的和服就是為了去拜會有栖川宮繼承人高松宮家，在高島屋訂做的。除了那次，他一次也沒穿過。看著這套衣服，有時我會想不如拿去重新修改一下也好。

那樣的衣服對父親來說，已經是奢侈到極點了。父親的衣服中，還有夏天的浴衣、初夏的毛織品（涼爽的薄羊毛織品），以及大島綢、久留米的碎白點花紋布（已非窮學生時代的那種便宜碎白點花紋布）、綛綢，結城繭綢等布料所製成的襯衣及單衣。現代的男

---

釘拔地藏。寺廟的正式名稱爲石像寺，但由於其中供有拔千釘神，因此得名。

性和服大部分是毛織品，真正會用到絲綢的非常有限。

若說到母親的和服，那範圍就更多更廣了。雖沒有刻意講究，但母親的和服種類還算繁多。羊毛織品的出現是在戰後，然而在那之前已有薄的毛織品和法蘭絨的混和織品（在初夏、初秋等季節交替時所穿）；夏天是浴衣（不同產地有各種不同的布料，十分有趣），有真岡布、鳴海花布、紅梅布（編有小格子的布料），以及絹紅梅等。此外還有羅紗（這也有分車羅紗等的）、羅縐紗、薄縐綢、明石綢、紗等。這些特別細緻的紡織品，宛如蜻蜓羽翅般纖細。說到縐紗，在家喻戶曉的〈水戶黃門〉電視劇[4]中，黃門長老在亮出葵紋印盒表明身分之前，會先聲稱自己是越後[5]縐紗批發店的退休老闆。某份報紙闢有專門收集讀者有趣投書的專欄，有位年輕媽媽來稿，她似乎把縐紗批發店當成販賣吻仔魚乾的店舖了。

看來她連紡織品中的代表——縐紗也不認識吧。縐紗也因產地不同（如京都府的丹後、滋賀縣的長濱），而有不同的織法。像是稱為鬼縐紗的縐紋就相當的粗，而觸感細緻的則屬法國綢紗風格，以及染有花紋的縐紗。還有較厚的綾子料、結城繭綢、蠶絲……說也說不完。作為羽二重、富士絹、甲斐絹、鹽瀨等紡織品的布材原料，這些被稱為縐綢、未經漂染的高級紡織品本身，其實也有各式各樣的款式及變形。這期間，真可說是日本紡織技術大放異彩的時代吧。

中日戰爭開戰沒多久，政府下令禁止使用金、銀、漆做出高級的紡織品，但在京都還是有人偷偷變賣這些紡織品。母親買了幾匹，也幫我買了匹和服的長襯裏，和一匹漂亮的厚短外褂布料。買的時候還一邊念著「其實是我自己想穿，但是太花了點，等你長大一些穿剛好。」那是匹粗縐紋的縐紗，染上很有異國風味的小花樣，配有金線的刺繡、土耳其藍的底色，讓我一眼就很中意。

然而這種衣物在那個時代是根本不可能穿的。我真正裁剪好穿上那件短外褂是戰爭結束，都快三十歲以後的事。那是匹很好的布料，我一直把它放在衣櫥中，卻也不見褪色發黃。我五十幾歲的時候仍常穿它。慢慢的大家都流行起華麗風，更讓我覺得這件衣服是永遠都不會褪流行的。可惜的是，母親買這匹布的時候還不到四十歲，但她卻不敢穿。

現在我已經不把它當作短外褂來穿，而是經過重新剪裁做成襯衫，至今仍常常穿在身上。奢華而漂亮的感覺搭配上金色的鈕釦簡直是最佳組合。即使經過五十年，華麗依舊，洋溢著日本織物之美。尤其它更記載著我家的歷史，有種讓人不禁懷念起從前的味道。

我也將母親十分喜歡、有著黑底碎白點花的鹽澤縐綢鋪入了棉花。寒冬，夜深人靜，坐在被爐[6]中工作的我若還覺得冷，就會拿來披著。雖然母親已經不在世上了，但是那衣服的柔軟讓我感覺母親好像仍陪在身旁，相當溫暖。

母親過世後，她所留下的衣物大多送人了。反戰婦女在每年十二月八日所召開的「守法婦女會」，本來是由母親擔任代表幹事，現在則由我負責。母親去世那年，我將大部分的衣物都送給與會的婦女們。雖然每套和服、每條腰帶都是我對母親的回憶，但我只留了兩、三套下來，將它們重新裁改成套裝或照我的尺寸改小。讓我感到不可思議的是這些衣服，幾乎只有黑白兩色。除此之外母親還特別喜歡暗紅色調，也做了同色的拜訪用箭式和服。母親在世時，若覺得年紀大而衣服太過華麗，她就會將它裁改成家居服。這些衣服現在雖然是我在穿，但其實我的年紀遠遠超過當年十分愛惜卻又不敢穿的母親。想不到現在的社會似乎慢慢吹起了華麗風。

縐紗或縐綢等在外出時穿就算很高級了，家居服稍微好一點的，則非棉綢莫屬。伊勢絲綢可說是箇中極品。我也做了一件變形箭翎花紋當作外出服，那件衣服穿了幾十年，後來被我放在被褥旁。這種成套和服因為是直線剪裁，所以只要縫補一下就可以變化出各種樣式，來滿足不同的用途。

棉綢是種厚實且最堅韌的紡織品，因此在戰爭時，被用來製作外出用的上衣以及紮腿式的勞動服。我也做了一件，當時是在東北帝大，我在仙台市郊外的陸軍造兵廠上課，約莫穿了半年左右。

好不容易等到戰爭結束，我才親手做了一套蝴蝶結花樣，繪有鮮亮花朵的天藍色棉綢洋裝。那是一塊連笨手笨腳的我，都能在上面完成精細手工的結實綿綢布料。現在回想起來，那天藍色的棉綢，是母親買來給我當作上裁縫課製作短外褂的材料。

我原本跟母親要了和服的布料當材料，但由於布料過硬而弄破了一面，讓我大傷腦筋。因刮刀不利，所以怎麼縫都不牢固。老師也很同情我，並向我表示那種布料非常難

上立賣本妙院的松樹。牆壁造就了如此的景觀，彷彿超現實的畫作。

位於烏丸上立賣的相國寺。在京都的大小寺院中，擁有身爲禪宗本山的崇高地位，是臨濟宗相國寺派的大本山。

縫製。我對母親說了很多埋怨的話，之後她為了彌補我，雖然那時的物資十分匱乏，仍買了如此鮮豔的棉綢給我。

## 母親在春天的工作

日本優良的紡織品可以發揮多種用途，因為這優點，日本婦女相當的忙碌。我的母親在書桌前攤開稿紙寫東西的時間不算少，但是她在家事方面卻也絲毫不馬虎。雖說打掃工作是由父親或跟小孩子們一起完成，不過在服飾方面，她卻花了相當多的時間。這也顯示出，當時日本婦女們在這方面技術都十分精湛。

漫漫長冬過去了，從春天到初夏，嫩芽綠葉散發著絢麗的光彩，也該是換上輕薄毛織品的時候。這時母親會格外忙碌。她會把襯衣的兩面拆開，先剪開正面，接成接近原本布匹的樣子再縫合，然後繃上竹籤。這個時候，大家不必去說明自己在做什麼，就算物換星移，她們好像也渾然未覺。等到恢復成原來一匹布時，便在布兩端插上針，這時需要有個可以夾住固定的樹木做為工具。我家的做法是在路邊的兩株櫻花樹上各別捆住布的一端，接著用一種叫繃竹籤的細竹棒子，每隔約五到七、八公分就插入一支竹籤，

上立賣妙顯寺的神社。妙顯寺是京都最早的日蓮宗寺院。（上京區寺之內通新町西）

讓本來鬆垮的布匹變得挺直，再將事先融化的海蘿漿糊倒在布匹上。布匹會因為液體重量使中間部分下沉，此時必須儘快將布匹拉高、拉緊到近似水平的狀態。不用多久，初夏耀眼的陽光會將漿糊曬乾，之後從布匹的下方把竹籤一支支抽出。布料就不會鬆鬆垮垮，變得平坦且方便折疊。最後將縫合的部分拆開，恢復本來袖子、前後片、領子以及帶子等零件部分。

另一方面，衣服的上衣裏或是和服下襬裏布等的反面，還要平鋪在浸有海蘿漿糊的板子上曬乾。漿糊風乾後，將它啪的撕下來非常有趣。

姊姊的白頭巾在綠葉群中若隱若現；母親則辛勤地工作著。我放學回來，在家門口的轉角就可以看到母親的身影。跑回家將書包放在廚房，校服也沒換就去幫忙將那些竹籤棒拆下來。一邊和母親聊天，一邊把竹籤棒子一支支拆下來，是件非常快樂的工作。如果是假日，我會從早上開始幫忙。綳竹籤是我最喜歡的事情。

拆下來的竹棒要放入水槽。呈弓狀彎曲的竹棒，要幾個小時才會恢復筆直。如果這個後續動作沒有做好，那麼將洗後縮水布料撐平的效果就會變差。

母親綳了好幾匹的布。當然那些高級外出服比較不需要重新縫製，但一般的衣服可是全部都得改頭換面。綳竹棒最怕的就是遇到驟雨，要是忽然陰天的話也很麻煩，得先將捆在樹木兩側的布解開，把半乾的布料兩端稍微捲一下再放到浴室，等到天氣好的時

紫野大德寺的圍牆。大德寺是在臨濟宗大德寺派的大本山。

候再拿出去曬。要是真的遇到下大雨，會聽到「哇！慘了，這下麻煩了」的慘叫聲，接著就會看見大家慌張收拾。這也算是另一個有趣的畫面吧。

連著曬好幾匹布後，母親埋首縫紉的日子隨之而來。這幅情景是現代家庭絕對看不到的。工作了一會兒，母親會藉著翻譯《小婦人》（*Little Woman*）或《*Far Away and Long Ago*》[7]來轉換心情，稍作休息後再繼續縫製。母親總是將自己打扮整齊，工作場所也維持乾淨整潔。和服的縫製是非常辛苦的。裝和服用的折線厚包裝紙、裁縫壓印台、熨斗等就放在身旁，母親努力埋首縫著。速度再快，起碼也要一個月才能完成。工作的同時，母親會順便教一個在我們家幫傭過的太太做針線活。

地點是在家中的茶室，我永遠忘不了母親面向南邊窗戶縫製和服的背影。同樣的背影也出現在茶室旁那間六席大、母親用來工作的書房中；她在那間書房做翻譯，或是替父親沉迷其中、自費出版的向日庵版布雷克詩集《無染之歌》（*Songs of Innocence*）及《無明之歌》（*Songs of Experience*）[8]的珂羅版[9]上色。

在母親縫製和服的時候，我們能夠輕鬆自在的聊聊天；但她若是在書房工作，我放學回來就只能跟她說幾句話，然後看著她那嚴肅認真的背影來打發時間。

總而言之，我家的家風就是勤奮、認真的過生活。這可從父母親一年當中的服飾就能明白，並從母親的工作成果得到證實。特別高級的和服會交由專門師傅負責，但棉綢之下則全出自母親的雙手。

戰爭結束後，服飾方面起了很大的變化。接著，就難以見到和服漿洗後綳曬的情景了。過去，我因為懷疑在市中心這麼小的地方能否綳竹籤，而賣掉那些道具，結果，後來變成用類似車子代替樹、並用圓規的針來代替竹籤。現今的和服大多是毛織品，只要洗一洗就可以了，不需經過綳曬。雖然很方便，但現在每當我幫父親整理和服時，總會想起以前每年重新縫製的衣服是絕不會脫線的，畢竟都是用新縫線縫製而成。雖然衣服一洗就會變乾淨，卻因縫線不牢固經常脫線；因為這樣而修補簡直是我眼前的惡夢。

捨去襯裏換上毛織品的人，接下來也把和服換成了西服洋裝，這讓和服生產量第一的京都感到悲哀，曾經是日本的季節象徵，也就這樣逐漸消逝。然而在母親那個年代，婦女們為家人所穿的和服而竭盡心力工作的模樣，至今仍完整且清晰的停留在我的腦海。

## 重新漂染、縫製外出和服

另一方面，母親也十分用心保存外出用和服，總會在適當的時候送去重染。現在京都的街角仍可見到染房的身影，玻璃櫥窗上整齊擺放著約三十公分寬、染成各種花樣的布料。每次一看到染房，就算我不拿布料去染，也會站在店前看得渾然忘我，感覺到格外的懷念。我在年幼、以及住在南禪寺的日子裡，也常常跟母親一起去染房。那染房在哪裡我已經想不起來了，就算現在從南禪寺走到岡崎這一帶我也認不出來，只記得路上有台水車。

到了染房後，母親會坐在榻榻米的木框上說道：

「這件和服（或短外褂）的花樣已經穿到有點褪色，我想差不多該拿來重染了。有沒有適合的小花紋樣式呢？」

依據客人的要求，老闆選出兩、三匹附有標籤的樣本。

「這個怎樣？是最新的花樣喔！」

一邊說著，一邊靈巧的把捲成一綑的布料攤開。

「啊！這個不錯，讓我看一下吧！」

母親的話讓老闆不停攤開布料的手停下來。她仔細端詳起布料的花樣，那匹布料的旁邊也有一匹還不錯的，所以她有點猶豫。

決定花樣後，就把要染的衣服交給老闆。染房（也稱為洗染店）會將衣服拆開、繃曬、漂亮的漂染，還會順便裁縫好，不用多久就會送回來；或是由我們自己去拿。母親雖然樸實，但由於她很懂得利用染房，所以總是打扮得很漂亮。我的衣服也一樣，在我

在厚土倉庫（外圍牆壁上塗了厚厚一層泥土或石灰的倉庫）上的各式窗戶，每一種窗戶都各有不同的感覺。這是在市中心發現的厚土倉庫牆壁及窗戶。

長大後也經常送到染房重染。除此之外，有時候買了白色的布料也會請他們染成我喜歡的花樣。布料經過多次漂染後，會因為質地變差而無法順利染透，再加上深色的布料本來就不易脫色，因此怎麼染都染不出想要的樣子。

經常會有「唉呀！怎麼會變成這樣！」的結果出現。

在這方面，白色的布料可是主角。不過染房師傅的技巧也很重要，這樣才能染出漂亮的布匹。

想想還真奢侈呢。明明無需花什麼錢就可以買到染好的成品，但我們卻要訂做、漂染什麼的。其他女人應該很少有這麼幸福的吧！受到母親的影響，幾乎都是穿洋裝的我，也開始積極的造訪染房。

搬到向日町之後，我家也經常光顧向日町的洗染店。高級小學（也就是在結束小學六年的義務教育之後，為不去或是不能就讀男、女校中學的孩子們所設置的兩年制學校）旁那條狹隘的小路上，有間舊式的住宅，小路的一端總是綳曬著隨風飄曳的布匹。有時候我會和母親去那家染房。那時候我已經十歲了，雖然還是個小孩，但母親還是請師傅染了一件漂亮的友禪給我——黑紫色的布料上染有優雅的花朵。

戰爭結束後，百貨公司內的漂染部門生意變得相當興隆。現在已經沒有人會在百貨公司漂染布料了吧！但在那個連布料都賣不好的戰爭時代，大家很少會去重新漂染布料。等到戰爭結束恢復和平後，路上再也見不到穿著紮腿式勞動服的婦女，新的漂染商品讓人興奮不已。我跟母親一同前往大丸百貨公司，決定做件外套，還挑了非常漂亮的花樣；在淡茶色帶點深紅色的布料上，白色和黃色的地榆形成藤蔓的條紋。我相當喜歡這種在秋天才有的地榆，因此對它那素雅的圖案愛不釋手。還記得那店員一開口就說：「這樣的話好像太樸素了。」

「太太穿的話，看起來太豔麗了！」知道是我要穿之後，便又改口說：

雖然花樣很不錯，但戰後的染料不太好，所以染得並不是很漂亮。那件外套後來被我用另一種品質較佳的染料染上波浪形的花樣，到今天都還在穿呢。

母親晚年在向日町的日子，都是拜託一位住在京都市中心的朋友來漂染衣物；我們一直都是請這位朋友幫忙購買新布匹、漂染，直至母親過世為止。並不是那位朋友幫我們做漂染，而是他認識一位手藝很好的漂染師傅，所以能完美的幫母親漂染出她喜愛的花樣。其中有幾件我現在也拿來當和服穿。不僅僅是母親，我自己也請他染了一些，而且我還利用和服的布料做了幾件長洋裝和套裝。那位朋友不久前生了病，現在已經不在人世了，不過當時受到他太太很多照顧，所以，後來我又做了件長洋裝。

一九八七年三月，我從任教三十六年的大學退休，並精心策畫了一場有點與眾不同的聚會，在聚會後半場我穿著一件洋裝出來迎客。只可惜母親已不在世上了，如果她還健在的話，一定會瞇起眼誇我說：「真漂亮啊！」這件洋裝為甜美柔和的暗紅色布料，下襬點綴著兩、三朵蝴蝶蘭的圖案。這衣服看來價格不斐，但憑著我們之間的深厚交情，那家染房的太太把它送給了我。大概是為了抒發情感吧，連縫製的師傅也傾注全力縫製，就連手拙的我，在當時也微微感受到那股愉悅的心情。

的確，一旦身處京都，很奇妙的就會想利用和服布料做洋裝。戰爭結束後，本來就不容易買到各種布料，於是我迷上了用母親的舊縐紗改做衣服。說到這，就想起我從東北大學畢業時，跟一些女同學合拍的照片，照片中我所穿的禮服，就是母親結婚前穿過的短外褂。二十歲的年紀穿上母親的和服，在當時應該是相當樸素的，但那衣服的花樣卻時髦極了，很有洋裝的味道。在全黑的布料上飛舞著如同油畫般的白色花樣；我十分中意那款花紋，便央求母親讓我把它改成連身洋裝。我老是在打量如何好好利用父親的僧衣，後來我將有稜紋的上等白絲綢做成裙頭，總之，這在當時可算是很別緻的。在大學教書之後，我又把它改成無袖連衣裙。絲綢料的無袖連衣裙是很罕見的，穿起來極為舒服，而且還很耐穿。

那件短外褂原本的樣子還保留在相本裡。照片中，美麗的母親極其豔麗的身影看起來不像只有二十歲，柔和的黑白色絲綢與纖瘦的母親十分相襯，好像是戲劇裡的某個停格畫面。我想若是沒有這件令人懷念的和服，自己也不會陷入那久遠的記憶當中了。

比起女人，男人的服飾就顯得簡樸許多。然而我卻無法忘懷父親所穿的羊毛衣。父親常與柳宗悅先生一起工作，因此我家諸多的生活方式也跟著趨近於民間藝術。儘管如此，羊毛衣卻在家中流行了好一陣子，不僅僅是父親，連一起工作的年輕人也都穿著羊毛衣。父親後來與當時在大阪領事館工作的英國外交官比爾察先生成為莫逆之交。戰後，擔任駐日大使的比爾察先生來到日本，送給父親做羊毛外套的布料等。那布料跟大阪民間工藝館在戰爭結束約十年後，從英國進口的材質完全不同，是件怪異的日本製羊毛衣。我至今還忘不了父親穿著那羊毛外套的模樣；不太討喜的黃褐色，格外顯眼。那時候父親患了傷寒，身型十分臃腫，龐大的身軀讓那不可思議的羊毛衣更加醒目，就如同民間工藝黨的標誌一般，真是相當特異的打扮。

## 最具京都風味的草鞋、木屐

一旦穿上和服，腳上踩的當然是草鞋或木屐。尤其女性的衣服大多是和服，街上也就林立許多木屐店。日式鞋店在京都比比皆是，比較有名的是在河原町或四條通那邊的「丸竹」及「伊與忠」。還有我所居住的南座附近的「田中屋」和「美之忠」。這些店由於

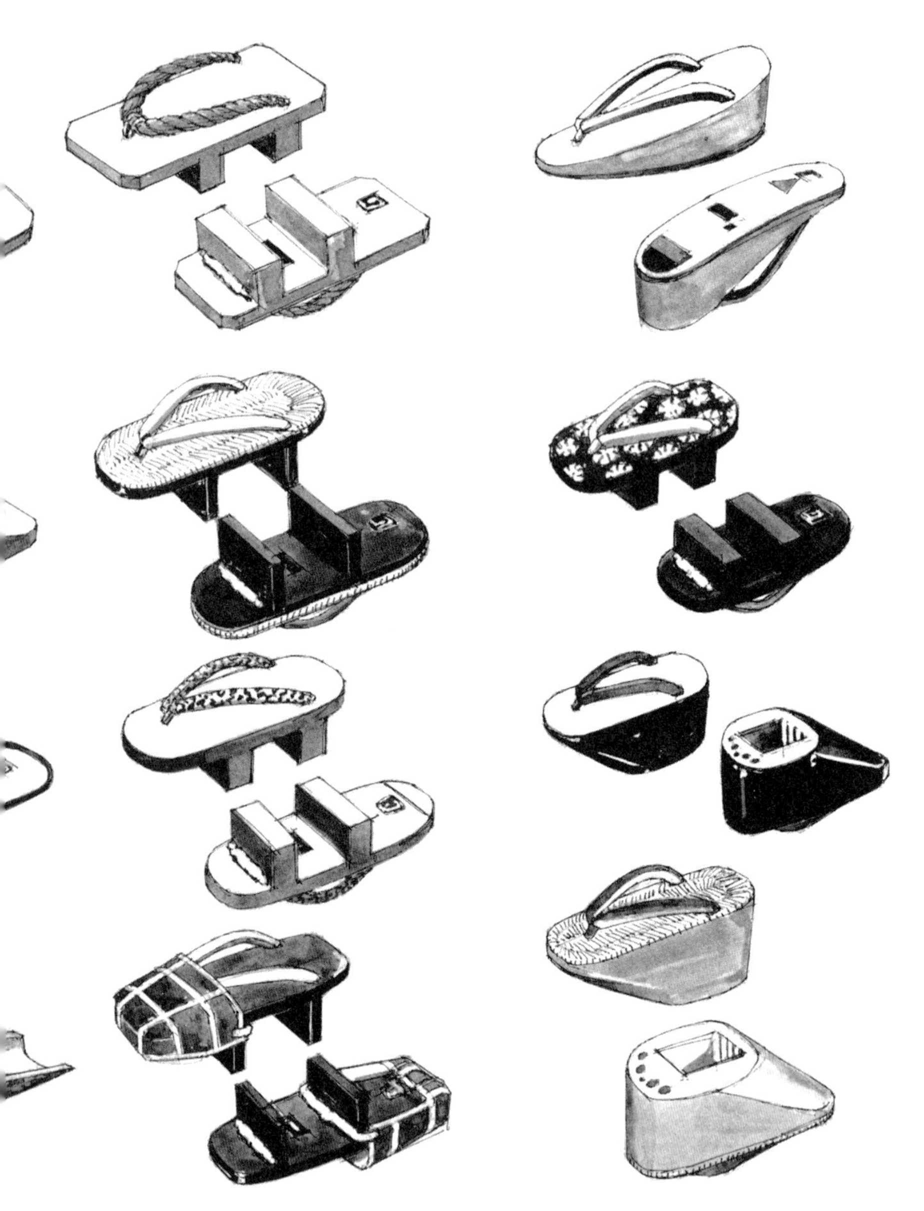

京都的鞋子。它代表著日本人對腳的用心。有男人的、女人的、小孩穿的。桐木木屐或是漆料木屐、防泥水套木屐等，不管是哪一種都很有京都的味道。

開在祇園附近，至今仍舊屹立不搖。雖然如此，他們也無法單靠賣鞋子維生，不得不增加一些小配件，以及袋子、拖鞋、涼鞋及室內拖鞋等。

我家在戰後很喜歡去新京極旁花遊小路上的「雁屋」買鞋子。這間鞋店由一對老夫婦所經營，老闆親自坐鎮店裡，幫木屐串鞋帶。我的腳很大，為了不讓腳趾超出鞋板，老闆會幫我把鞋板做得稍微大一點。就在考慮著鞋板要搭配哪種鞋帶的同時，草鞋和木屐也一一完成了。現在想想還真是奢侈啊，因為可比普通鞋子精緻多了。母親跟我不同，有雙三寸金蓮的她總是請老闆將鞋帶紮緊些，按照腳背來調整鞋帶的鬆緊程度。可惜那家「雁屋」也關門大吉了，緊閉的窗戶上還寫著店名。母親離世，我也不再和「雁屋」的老夫婦見面，讓人感到無限孤寂啊！

最近由於生意不好、後繼無人而關門的鞋店很多。店家正逐漸消失，一切似乎都在蛻變中。過去真的熱鬧非凡，草鞋的料子種類繁多，還用了皮革、榻榻米墊、法蘭絨、過年用的絲綢等材質。

木屐的世界同樣非常豐富。像是低齒木屐、利久木屐[10]等。在塗上白木果油的雨天專用高齒木屐外頭，套上相配的防泥水套。若是底齒磨禿的話，到處都有更換木屐底齒的

通過祇園住宅的小巷子。小巷子總給人一種被寂寞包圍的感覺，然而京都的巷道，卻散發出一股令人懷念的神祕氣氛。

「岩波」的中庭散發出京都人細膩的氣息。

店鋪可以修理。穿著長雨衣的女人斜打著蛇木紋雨傘，在雨中行走，剛換上嶄新底齒的木屐，走起路來發出喀喀的聲音，散發出無與倫比的優雅美感。母親也經常以同樣打扮走在街上。這番景致真是筆墨難以形容啊，像是一幅增一筆嫌太多、減一筆則太少的好畫。

「雁屋」關門之後，我已不太穿木屐了，不過還是會光顧有老交情的「田中屋」。我雖說和花街柳巷沒什麼緣分，但為了長久之計，還是偶爾會到那邊去敘敘舊，挑選些東西。京都應該是世界上木屐、草鞋使用量最高的都市吧！雖然男人穿的、後跟有釘的竹皮草鞋等的需求量還是不少，但不能否認的，整體而言確實是在衰退當中。

父親有很長一段時間熱愛用櫻花木製成的木屐。幾乎買不到合適尺碼的大腳父親（我也得到了他的真傳），特地訂做了一雙大而耐用的木屐，放在玄關前。過去男人穿和服外出的機會頗多，因此父親的木屐在我們家的存在是不容忽略的。而大號的雨天木屐也套上黑色的防泥水套；反正母親的高齒木屐我穿不了，所以我總是滿心歡喜的，盼望著能向父親借穿那十一文（二十六公分）大的雨天木屐。另外，繫有棕櫚製鞋帶的庭院用木屐，也相當的堅固。它擺放在踏腳石上的那幅情景真教我懷念。那種木屐現在沒賣了，似乎應該做首輓歌來紀念它。

並不單單是穿和服而已，腳上的鞋子、襪子也都很重要。關於這點，很幸運的，父親會從神戶那邊的公司帶回來；戰爭時很難買到絲襪，父親從神戶的某個地方，買到用絲與木棉合成質料做的絲襪，它應該是給外國人穿的，十分堅固耐用。能夠買到絲襪真是讓人高興！它耐用到有次我摔了一大跤，膝蓋都流血了，仍沒有絲毫破損。父親就是有這種能耐，即使在那個物資缺乏的年代，他依舊能在京都、大阪、神戶這三個城市的某處找到些新奇的東西。

譯注

1財神祭：日本七福神中，財神惠比壽的祭典。財神惠比壽會保佑商家財運亨通，京都的財神祭每年約在十一月二十日前後舉辦。

2西陣：位於京都上京區，是京都的代表性織物西陣織的所在地。

3單衣：不加襯裏的單件和服。

4水戶黃門：日本膾炙人口的戲劇，描述水戶藩藩主與下屬們微服出巡，在日本各地行俠仗義的故事。

5越後：日本古地名，約在現今日本新瀉縣一帶。

縐紗：表面具有縱向均勻縐紋、質地輕薄的平紋棉織品，觸感挺爽、柔軟，緯向則有較好的彈性。

6被爐：日式家具。一種四周圍著棉被，下方附有暖爐的茶几。

7《Far Away and Long Ago》：阿根廷作家哈德遜（W.H. Hudson,1841~1922）的作品，敘述作者少年時期在南美洲的青春記事。哈德遜擅長描寫人類與自然的關係。

8《無染之歌》、《無明之歌》：為英國詩人布雷克的代表作品。中譯名為《純真之歌》與《經驗之歌》。

9珂羅版：又稱玻璃版，屬於平版印刷的一種。這種早期的玻璃攝影製版法，能顯示出精美纖細的油墨效果。

10利久木屐：分別製作鞋面和底齒，再加以拼合而成的木屐，適合雨剛停時使用。由於走起路來別有一番風情，因此在關東被稱為「日和木屐」，在關西一帶則被稱作「利久木屐」。

# 3 我家的飲食生活

# 我家的飲食經

雖然對南座裏時代幾乎沒什麼記憶，不過自從搬到南禪寺後，我們家在飲食方面的精緻豐富是衣著生活無法比擬的。我的雙親並非生性奢華，但他們對飲食卻非常講究，甚至可以說，「如何吃」這件事本身就表現出壽岳家的生活精神。

我就讀女校時期的日記裡，經常會提到餐桌上的逸事，許多熱鬧有趣的事情都是在飯桌上發生的。餐桌現在已經改成炭爐矮桌的形式。以前那間六蓆榻榻米大的房間裡，壁櫥就占了半蓆的空間；剩下五蓆半的空間，我們就在房間正中央的半蓆榻榻米擺了一張矮飯桌。那是搬去向日市後才買的大型矮飯桌，和前一個餐桌同樣是折疊式的，但是我們並不曾把飯桌收起來，就那樣一直擺放在房間正中央。這張餐桌就像是我們家的精神象徵一樣。

不論是吃飯還是喝茶，全家人都會聚集在這張餐桌上，開心的談天說地。而現在，這個地方仍然是我撰寫稿子的重要場所（家裡其他地方也有可以寫字讀書的桌子，和式、西式都有，但桌面上幾乎堆滿了書本、紙張等物品，所以目前父親和我可以提筆寫字的地方就只剩這裡了）。

（前頁）京都的特產千層鹹菜和醃酸蘿蔔。

大戰過後，常常來家裡走動的木工告訴我們，他那裡有一張質地不錯的二手炭爐矮桌，問我們要不要換個桌子，因為這個提議，我們家的桌子終於也換成可以取暖的炭爐矮桌。這張桌子的品質真的很好，雖然這麼說有點失禮，但是跟別人家裡的比較之下，真的覺得別人家的矮桌不太堅固。我家桌子的四個角各用兩支桌腿支撐著，所以非常穩固。現在，父親的腿變得不太方便，無法順利的自己站起身來，每次都要將全身的重量放在桌上後，才能費勁的站起；而家裡那張炭爐矮桌，堅固到可以承受父親這樣的動作。別家土木工程店的木工們也常來家裡研究那張桌子，一邊用手摸著，一邊讚嘆這件作品的完美。添裝爐火的容器是一個大型的火盆，外頭小心謹慎的塗抹上一層水泥，竹葦蓆也是精心製作而成，爐子上設計了一個方格蓋，所以灰燼不會飛得到處都是。

我家最令人稱奇的，是我們至今仍使用火盆來燒木炭、煤球等。我們把木炭和軟性炭混著用，也用煤球來生暖爐的火，而剩下的碎煤塊也會放進灰裡。當然家裡還是會用煤氣爐、電暖爐等用品，但是每當天氣轉寒時，我們最常用的還是火盆。那個火盆是從已故的濱田庄司先生那裡拿來的，是益子製的茶色系傳統藝術品。生火是父親的拿手絕活，只要將前一天晚上埋入灰燼裡的火種稍微翻弄一下，然後添加少許的木炭，過沒多久黑炭就會慢慢燒紅，熱水壺也跟著沸騰出聲。身邊有火堆燃燒的感覺真的很溫暖，所以我們常生火來燒烤各種食材。吐司麵包是一定會有的，其他還有年糕、魚乾等。當然有許多燒炒的小菜必須在廚房料理，但是酒漬河豚、小魚乾等零嘴，我們全都是用餐廳的火盆烤出來的。孩子們總是圍繞在母親身旁，排隊等待母親料理出香噴噴的點心。「喂，烤好了！還很燙，要小心點。」我們總是會將熱騰騰的點心放在手掌心，邊喊燙邊用手左右拋換，噘起嘴來呼呼的吹涼後，再吃下那香軟的美味。

我們也常常烤海苔。在火盆放上網子，將海苔折成兩半後，拿著海苔的一端，貼靠在網子上翻烤。那種烤過的香氣真是無與倫比。

在我們燒烤過的各種食材中，最有趣的是從日本西部流傳來的日常小點心，一種俗稱「骨頭」的糕點。這種糕點外形狀似骨頭，放在網上用中小火燒烤，再用筷子輕輕碰一下，就會慢慢膨脹成漂亮的形狀，大概會脹到原來的兩倍大。如果用筷子戳個一兩下，還會膨脹得更大。雖然這只是用砂糖和糯米粉揉合而成的簡單食品，卻是非常令人懷念的鄉土糕點。

母親喜歡的是酒糟。幸運的是，在大戰期間仍會有人送酒糟給我們，可以勉強做出一頓簡單的午餐。將酒糟分成適當的大小後再拿去烤，稍微烤焦後，就會傳出濃醇的酒香味。接著再直接拿到火上烤一下，將酒糟烤得像濕亮的軟仙貝一樣，然後灑上白砂糖折成對半就可以吃了。有時候我們也會塗上蜂蜜食用。放在嘴裡慢慢咀嚼，一陣熱燙的口感伴隨著混在酒香中的砂糖甜味慢慢散開來，真是好吃得難以言喻。戰爭期間幾乎沒有砂糖，我們通常只灑一點點儲存起來的糖，或是不加糖直接吃燒烤後的酒糟，這在當時糧食缺乏的年代，可是非常珍貴的食物。

酒糟也可以拿來作甜酒，此外我們還常拿來煮父親最喜歡的酒糟醬湯。這料理和我曾經在南禪寺筵席上吃過的酒糟醬湯不一樣，在多到幾乎要滿出來的湯料中，我們會加入大塊的鰤魚肉（青鮒），或是切成骰子狀的鹹鮭魚，這些都是寺裡不會有的，而這樣的料理尤其得到父親的喜愛。當父親還健壯年輕的時候，一次可以吃下好幾碗的酒糟醬湯，孩子們再怎麼會吃，頂多也只能吃兩碗就很飽了。在當時，酒糟醬湯對我們來說是冬季的「應景詩」。

我們也常拿變硬的今川燒[1]在火盆上加熱。稍微烤焦的今川燒[1]比剛做好的還要美味。

我家有許多料理都是這樣用火盆烤出來的。一有香味傳出，父親就會邊從書房走出來邊喊著：「煮什麼東西？算我一份吧！」這個時候就是全家人的歡笑時光。邊吃邊聊，聊完了又繼續吃。說起來我們家人真的很愛吃。但通常吃最多的總是性格相似的我跟父親，母親吃得不多，而弟弟雖然還滿能吃的，卻還是不及我們兩人。總而言之，我們確實是熱愛美食的家族。

關於要不要在家吃飯這件事，如果說好要在家吃飯就絕對要確實遵守約定，這在我們家可是鐵的紀律。不過，父親偶爾和久未聯絡的好友碰面，就會跟朋友一起吃過晚飯才回來；這對世上的男人來說，並沒有什麼大不了的。不過，先讓孩子們吃飽飯，自己卻空著肚子等待父親回家的母親，可對父親發了好大一頓脾氣，幾乎生了一整夜的氣。雖然父親道歉了，但母親還是非常惱怒。

這都是五十年前的事了，但是那一晚的事情我仍記憶猶新。過了四、五天，我終於忍不住向母親求情。

「爸爸真的好可憐，媽媽氣太久了。」

母親卻立刻回話：

「從結婚那天開始，我跟你父親一起生活的時日就一天天減少，所以每一天都是非常珍貴的。正因為如此，我才想和心愛的人多點時間一起用餐。但是他卻不明白我的心意，所以我才會這麼生氣。」

我們家的餐桌就像心靈交流的世界。這絕對不是單純的營養或是料理種類多寡而已。我們非常珍惜且充滿感激的度過每次的用餐時間。

## 美味的豆腐渣、山藥泥與什錦壽司蓋飯

母親在少女時代，每一天都過得很緊張，並沒有多餘的時間去學習烹飪，但是憑著她一絲不苟的個性及靈巧的雙手，一道道家常料理就這樣烹調出來了。

例如這一道每年冬天一定會出現兩、三次的豆腐渣。市面上賣的或別人家做的，我都嚐過，但最好吃的還是母親煮的豆腐渣。這道料理用的是岩橋家的配方，紅蘿蔔、牛蒡、蔥等配料是一樣的，真正的關鍵在於熬湯的材料；母親用的是煮熟後曬成半乾的鰹魚，比例大約是一點五份的豆腐渣搭用兩片鰹魚肉。口味清淡的母親不使用魚腹，而是選用鰹魚背部的肉。將魚肉小心仔細的剝下後，用砂糖和醬油燉煮，接著加入切細的蔬菜和油炸豆腐，最後再將豆腐渣捏成小塊，加進高湯中熬煮。母親也曾用絞肉或雞絲等材料代替鰹魚，但煮出來的味道還是比不上鰹魚的美味。

母親去世後，每年我都會煮一次，一開始總是無法煮得跟母親一樣好，不是味道不夠甘甜，就是煮得有點鹹。不過，最近煮出來的味道也慢慢穩定下來了。先煮好一大鍋的豆腐渣，等放涼後再吃，味道美味極了。

很多報章雜誌刊出的偉人故事裡，都曾提到這些偉人沒米飯可吃只好以豆腐渣來溫飽的窘境，這麼美味的料理居然是貧窮食物的象徵，這對孩提時期的我而言，簡直難以理解。之後，我才明白，這是因為原本就不太好吃的豆腐渣，還要用最令人難以下嚥的方法、直接生吃的緣故。

另外，豆腐渣的主要原料如果沒有精挑細選，怎樣也做不出這道佳餚的。而且若不是到遵循古法製作豆腐的店家購買，也無法煮出軟爛易嚥的豆腐渣。雖然我並不是很清楚如何選擇古法製造的豆腐，但最好是到懸掛「豆腐店」古式招牌的店家，購買外觀有一顆顆粒狀物的大塊豆腐渣，一般市場所賣的豆腐渣，煮出的成品往往會像凝固的麵粉。住在京都最幸運的，就是老字號的店家很多，有不少類似位於嵯峨的「森嘉」等著名老店。

山藥泥也常在我家的餐桌上登場。這道料理已經快要變成過去式了，現在我實在提不起勁來做這道菜。母親去世後，我動手做過兩三回，做出來的成品和印象中的味道相差無幾，但是每次我總是邊做邊流淚。從前這可是一道充滿歡樂的料理。母親會先把野生山藥或塊莖山藥[2]放到大研缽裡磨碾，大概研磨個一兩千下後，再加入高湯。從這步驟開始就是全家總動員的時候。家裡四個人都到廚房集合，首先把研缽穩穩的放在廚房地板上，由我或弟弟負責扶穩研缽，接著一點一點的將母親一大早就熬好的高湯，沿著研缽的邊緣緩緩加進。使用大量昆布和柴魚熬煮出來的高湯，比起清湯味道還要濃郁一些，如果一開始就把高湯全部倒進去的話，山藥泥和高湯的美味就無法自然的調合在一起。將高湯緩緩倒入研缽後，聽到父親的指示，再打一顆蛋到研缽裡。使用研磨棒時不可以粗魯的碰撞到研缽的邊緣或底部，正確的力道要能讓研磨棒輕輕的遊走在山藥泥之間。

總而言之，曾經在寺廟當過小沙彌的父親，是將這道料理帶進壽岳家的最大功臣，因為岩橋家幾乎不做這道料理。習慣粗茶淡飯的父親沒有什麼食譜可以傳授給母親，家裡的料理全是來自於岩橋家系，然而這道山藥料理可是一道驕傲的父系料理，雖然只是用山藥和高湯做成的簡單料理，但是製作過程卻相當費工夫。所以，不是每個人家都能做出來的。附近鄰居好像也沒有哪戶人家會這麼費心的做這道山藥料理。所以，我常會分一些給鄰居分享這道美味。啊，這真是一道珍貴又充滿歡樂回憶的料理啊。

完成後，我們會將裝滿一整個研缽的山藥泥拿到飯廳，在每個人的湯碗裡盛上滿滿的一碗，但是最美味的是把山藥泥直接加到白飯裡的吃法。在飯碗裡添進少許的飯（大約半碗左右），淋上山藥泥，再灑上事先用火烤過揉碎的青海苔就可以吃了。這道美味又容易吞嚥的料理，讓伺候大家吃飯的工作變得非常辛苦；母親和我不停的幫大家添飯。總之這道集全家人之力所完成的料理，真的是蘊含許多歡笑的回憶。

當然一個人也可以完成這道料理。父親和我這個逐漸年邁的女兒不需要用到大型研缽，用來做芝麻拌菜的中型研缽和半份的山藥就已經足夠了。所有料理過程都是由我一個人完成：研磨山藥，再繼續研磨個幾千遍，然後加入高湯，還要一邊攪動著研磨棒。我年輕時曾向父親學過，所以攪動研磨棒這種事做起來還滿得心應手的。現在，父親手腳不太靈活，沒有辦法幫我的忙，我必須一個人單手扶著缽，用另一隻手攪動研磨棒。

雖然我能做出和從前相差無幾的味道，但是這些料理現在也只是令人感到心酸罷了。這樣的心情讓我近來做這道料理時，都是草率的敷衍了事。我去買了一個小型研缽，材料也改為普通山藥，調味則用幾乎沒有鮮味的高湯和醬油，再加入一點點的味醂，這樣做出來的只能勉強算是山藥泥料理而已。我也不再特地去買青海苔，手邊現有的淺草海苔將就一下。曾經充滿歡笑的山藥泥料理現在已經榮光不再。

有幾道新奇獨特的料理是岩橋家系食譜裡所沒有的，其中一道是父親到崎玉縣的小川調查製紙工業時，某家高級日式料理店供應的「海苔飯」。這道料理不僅美味，製作也不像山藥泥那麼費工，現在仍是我家家常食譜裡的料理之一，非常適合拿來招待客人。

這道料理首先需要的是濃郁的高湯。昆布、柴魚，少量的鹽再加上主要的調味料醬油，先熬出一鍋熱騰騰的高湯。另外，先準備好大量的白蘿蔔泥。接著在餐桌上擺放精緻的研缽和民族風味的大湯匙。除此之外，還要準備好碎海苔、曬乾的蔥，以及最重要的芥茉。我們所使用的芥末並非管裝的市售品，而是拿真正的山葵研磨後，再用菜刀細心敲碎、過濾之後的芥茉。將這些材料各自裝盛至小碗裡，飯碗裡也盛上少量的白飯。在白飯放上白蘿蔔泥、海苔、乾蔥、芥茉，最後再淋上滿滿的、熱騰騰的高湯。這道口味清淡又精緻講究的美味，因為加入白蘿蔔泥的關係，即使吃多了也很容易消化，完全不會有消化不良的飽膩感。海苔飯比起海苔茶泡飯的味道要更濃郁一些，在我們家是一道極受歡迎的料理。父親對這道料理讚不絕口，母親因此絞盡腦汁做出這道料理。母親每天的生活都很忙碌，不可能一天到晚待在廚房，即使如此她還是常動腦筋每頓做出豐富的餐點，這道料理正好為母親的盡心盡力作了最好的證明。

母親花最多心力烹調出的料理，大概就是什錦壽司蓋飯了吧。每到春分時節，母親一定會煮這道料理。我大約過了二十歲以後，也開始幫忙切蔬菜或是煎蛋絲等工作，這真的是一道美味滿點的料理。紅蘿蔔、牛蒡、香菇、蓮藕，將這些材料切成細絲狀，做成飽含水分的配料。另外，還要將一桶白飯調成甜鹹適中的壽司飯，這可是無法言喻的好味道。

母親很討厭腥臭味（我們回父親的故鄉時，曾吃過加入玉筋魚的什錦壽司蓋飯，結果母親胸口一陣噁心，感到非常的不舒服。母親常提起這件事，甚至連小白魚乾都不用），所以這道料理的食材中，只有蛋絲是屬於葷食。但是切成細絲狀的紅蘿絲、碎海苔以及煎蛋絲，光是將這些材料鋪放在蓋飯上，就已經非常美味了。每次母親做這道料理，都會用上將近三頓飯的白飯份量，所以我們對於這道蓋飯的期待自然是筆墨難以形容。說到我們家的什錦壽司蓋飯，最大的特色當然在於比別家多三倍以上的配料了，這也是母親最自豪的一點。飯碗裡配料醬汁將飯粒都染了顏色，幾乎看不到純白的飯粒，配料豐富、營養滿分，實在是一道美味至極的餐點。而這道料理在我們家被稱為什錦壽司蓋飯或是綜合飯。

到了夏天，母親會特地做好吃、又精緻美觀的細捲壽司。炎炎夏日，被暑氣悶得昏昏欲睡的家人們，只要吃了這道料理就可以振作起精神。份量大、捲入大量壽司飯的粗捲壽司，因為季節的關係會暫時消失在餐桌上。母親用來做細捲壽司的材料，有調了稍許鹹味的煎蛋，先將蛋煎成蛋皮，再切成約一公分寬大小。香菇也是切成細絲後，再煮成略帶香甜的味道。小黃瓜則是縱切成段，淋上甜醋來調味。接著就要將這些材料用海苔捲成直徑約三公分大小的筒狀。將材料放在竹簾上，手指輕柔的將其捲緊成漂亮的滾筒狀後，將濕布巾鋪在砧板上，再把壽司放在上面，用菜刀切成適當大小就完成了。每到這個時候，我都會緊挨在母親身邊，目的是為了拿到切剩下來、大小和其他部分不一樣的頭尾兩段壽司。而母親也總是微笑的將那段剩下的壽司拿給我，這也是印象中的美味之一。比起後來裝盛在盤上、裝飾精美的壽司，這段拿來試味道的部分更是這道料理的樂趣所在，同時也是令我回味不已的味道。

## 不凝固的茶碗蒸和酸溜溜的甜酒

母親並不是每道料理都做得很成功。雖然失敗的經驗並不多，但這些回憶至今仍讓我懷念不已。

其中一個失敗的例子就是茶碗蒸。發生這件事的時候，母親的弟弟，也就是我舅舅正好來家裡作客，所以我記得特別清楚。當時我還是個學生。雖然家裡有茶碗蒸專用的小碗，但母親似乎想省工而改用較大的容器，這就是造成料理失敗的主要原因。那個大容器是黃瀨戶風格[3]大型缽，創作者是河井寬次郎，其作品屬於民俗藝術風格，而且厚實有份量，並不像精製的手工藝品那樣好看卻不耐用。母親將茶碗蒸的材料放在缽內入鍋蒸，蒸了好久還是只見湯汁上漂浮著茶碗蒸的材料。對於抱著空腹等待的人來說，看到這種完全不起變化的茶碗蒸實在是再悽慘不過了。父親不知說了什麼惹惱焦躁不已的母親，結果兩人開始吵了起來。這實在是掃興又令人無可奈何的一幕。就在兩人吵得不可開交的時候，舅舅走進來，只好擔任兩人的調解者。

「好了好了，吵夠了吧。不過就是個茶碗蒸嘛。」

之後怎麼解決我已經沒什麼印象了；不知道是用小容器重做一次，還是將那不可思議的原料湯汁改做成別的料理。總而言之，這道茶碗蒸料理，是失敗經驗中的一頁回憶。

還有一次常被家人拿出來調侃的失敗經驗，那就是加了太多鹽巴的紅豆湯。那個年代因為戰爭關係，無論戰時或戰敗後糧食都相當缺乏，母親幸運的拿到一些紅豆，就想用儲存起來的砂糖做一道紅豆湯給大家嚐嚐。我想大家應該都知道，只要加一點點鹽巴到甜品裡，就更能夠襯托出料理的甘甜味。而母親為了讓紅豆湯裡那僅有的些許砂糖發揮出十二成功力，居然丟了一大匙鹽巴到紅豆湯裡。

相對於這種不科學的天真想法，結果當然是殘酷的。那一大匙鹽巴的鹹味完全蓋過了砂糖甘味，我們吃進嘴裡的自然是乾鹹不已的紅豆湯。我曾經吃過一種叫「鹹紅豆」的零嘴。當時是十五年戰爭的末期，應該是戰敗的那一年吧，那時我從正在就讀的東北大學被送到仙台近郊的陸軍造兵廠當勞動學生工人，自出生以來，我第一次碰到這種悲喜交雜的苦日子，不過在那裡最基本的糧食供應倒是不缺乏，中午也一定吃得到蓋飯，偶爾還可以買個鹹紅豆來吃。原本應該是蒸煮的甜味紅豆，卻被調味成鹹口味了。不過一旦習慣了那個味道，反而覺得那是種獨特的口味，偶爾嚐嚐也不錯。

「那個鹹味的紅豆湯啊，我可是一輩子都忘不了。」

之後如果有人，特別是弟弟拿這件事來挖苦母親的話，我都會幫母親說話，還會舉仙台的例子告訴他們紅豆也是有鹹的烹調法。

當然母親在料理方面幾乎未曾失敗，也因為如此，那些失敗的回憶才會深刻的記憶在我的腦海裡。還有一次是父親和母親兩人共同的失敗作品。

父親非常喜歡甜酒，而且這甜酒不是前面提到用酒糟臨時湊合的，而是用正統的麴發酵法釀出來的甜酒。我們常在父親的指導下釀酒。那時家裡的桌子還沒改裝成暖被爐，我們買了一個移動式的暖爐，平時放在飯廳的一角，客人來時就移到客廳去。這個暖爐設計成小餐桌的樣式，附有一個拉式抽屜可在上面升火，而空間大小剛好可以容納一個大型飯桶。我們就是利用這個地方，將酒麴放入飯桶，再放在暖爐上釀造甜酒。我們做的甜酒和東山「文之助茶屋」著名的甜酒是不相上下的。

父親釀出來的酒大致上都算成功，但是有一次不知道是哪裡出了差錯，居然釀出酸溜溜的酒來，我還清晰記得父親當時驚慌的神情。事實上，我自己並不是很喜歡麴發酵後釀成的甜酒。在漂浮著飯粒的微甜液體裡加入生薑泥，用一根筷子攪拌後飲用，那口感就像在吃剩飯一樣，即使我喝的是「文之助茶屋」的甜酒，也不會高興到那兒去。其實，比起家中兩種甜酒，我比較喜歡酒糟和水後加入砂糖調味製成的速成酒，所以當雙親因為釀出酸溜溜的甜酒而驚慌失措時，我可是完全不在意。弟弟比我更愛喝甜酒，他甚至曾經喝了太多酒糟做的酒而壞了肚子。弟弟去看病的時候，醫生還挖苦他說，因為過度缺乏甜味食品的關係，最近出現很多稀奇古怪的病症呢。

現在回想起來，家裡的食譜和真正的西式餐點相較之下，有一些名稱和實體完全不搭的料理。如將肉切細、切薄後，和洋蔥、紅蘿蔔一起加入砂糖和醬油煮到軟爛，然後把這些材料放在用平底鍋煎得又大又平的蛋皮上折成兩半，這道料理我們命名為「煎蛋捲」。

肉、馬鈴薯、紅蘿蔔、洋蔥等材料灑上麵粉，用大火快炒後加入清水，用鹽和胡椒調味（現在製作這道料理時，我會依照人數多寡加入高湯塊），這道料理我們叫作「西式燉肉」。真要說起來，這道料理頂多也只能稱作肉和蔬菜的濃湯罷了。

另外，還有一道名實不符的料理，因為我現在沒有做了，所以不太記得母親是怎麼做出來的。還記得有一陣子，母親說她在外面學了一道美味的餐點，那是一道焦糖風味的茶色蔬菜湯，裡面加了一些培根，不知道為什麼我們稱這道湯品叫「奶油烤白菜」。長大後我才知道，真正的「奶油烤白菜」是把材料放到烤盤裡加入白醬調味後，再放進烤箱燒烤的一道料理，和母親做的完全不一樣。不過也沒什麼關係啦，就把這當作我們家人之間的暗語吧。

還有一道料理被起了個奇妙的名稱，叫「咚隆」。名字取自菜的外觀，其實只是一道糖醋排骨風味的料理。這道料理所用的材料只有蔬菜，完全沒有裹粉油炸過的豬肉，所以我們稱這道料理叫咚隆。



位於東山高台寺下的「文之助茶屋」。這間店無論何時都是高朋滿座、人聲鼎沸。

三面大黒天
三面大黒天
三面大黒天
大黒天

關於這道「咚隆」，家裡有個常被拿來談笑的話題。當時大戰剛結束，根本買不到豬肉等肉類食品，母親和我就在百貨公司買了章魚腳，切成肉塊狀後下鍋油炸，再做成「咚隆」，然後騙大家說這是雞肉。

結果，弟弟吃了之後覺得口感很奇怪，歪著頭思索了好久。

「這雞肉吃起來好像章魚呦。」

「那個時候他的樣子有夠好笑的。」

因為弟弟當時的樣子實在太滑稽了，所以常常被家人拿出來到處宣揚或取笑。這大概只有經歷過糧食缺乏年代的人，才能夠了解其中的趣味所在吧。

就在弟弟這件趣事之後，緊接就發生了母親因為貧血在廚房昏倒的事，因為這兩件事發生的時間非常接近，所以我記得很清楚。在這之後，母親因為靜脈瘤破裂在鬼門關走了一遭，然而當時我們完全不知道這是造成日後母親生病的病因。

## 享用京都蔬菜的幸福滋味

過去，我們家就是這樣隱藏在戰亂的陰影下，每天過著平凡無奇的日子。不管怎樣，至少我們家在飲食方面卻是豐富而多采多姿。雖然母親身體孱弱，但是她除了傳承娘家的飲食傳統外，還自創了許多料理，做出只屬於我們家的家常食譜。母親遺留下來的筆記本上，貼著一大疊從報紙剪下來的料理資訊，並記錄她從別處學來的料理食譜。

我也開始在母親傳承下來的料理中，一點一滴的加入自己的新作品。像這樣有感情的飲食生活史應該是每一個家庭都擁有的，這些生活史蘊含著每個家庭獨特的懷舊口味與生活足跡。

母親的料理相當清淡爽口，裝盤技巧也具有專業水準。她並沒有特別學過烹飪，但是在每天艱苦奮鬥的日子裡，她仍然不會草率解決每一餐飯，在這樣的堅持下，創造出我們家最精采的飲食生活。

比起費工而精緻的料理，質樸的料理應該才是最適合當作家常料理吧，最近我常這樣想著。每當懷念起母親的烹飪手藝時，我腦海裡就不禁油然生起這種想法。

就舉竹筍料理來說吧，我覺得搬到向日市最棒的一件事，就是可以不餘匱乏的享用美味的竹筍。我們家在這兒的飲食跟南禪寺時代相比，可是截然不同。

今天晚上來煮竹筍吧。一旦決定晚餐的內容，我就會跑到離家不遠的農家去拜託他們，「我想要三個竹筍，傍晚的時候要。」向日市的農家大多擁有自己的竹林，只要向他們下訂，他們就會到同樣花了許多心力照顧的竹林去，技巧純熟的將埋在土裡的竹筍挖出，然後把又肥大又柔軟，甚至還沾著泥土的新鮮竹筍送到我家。

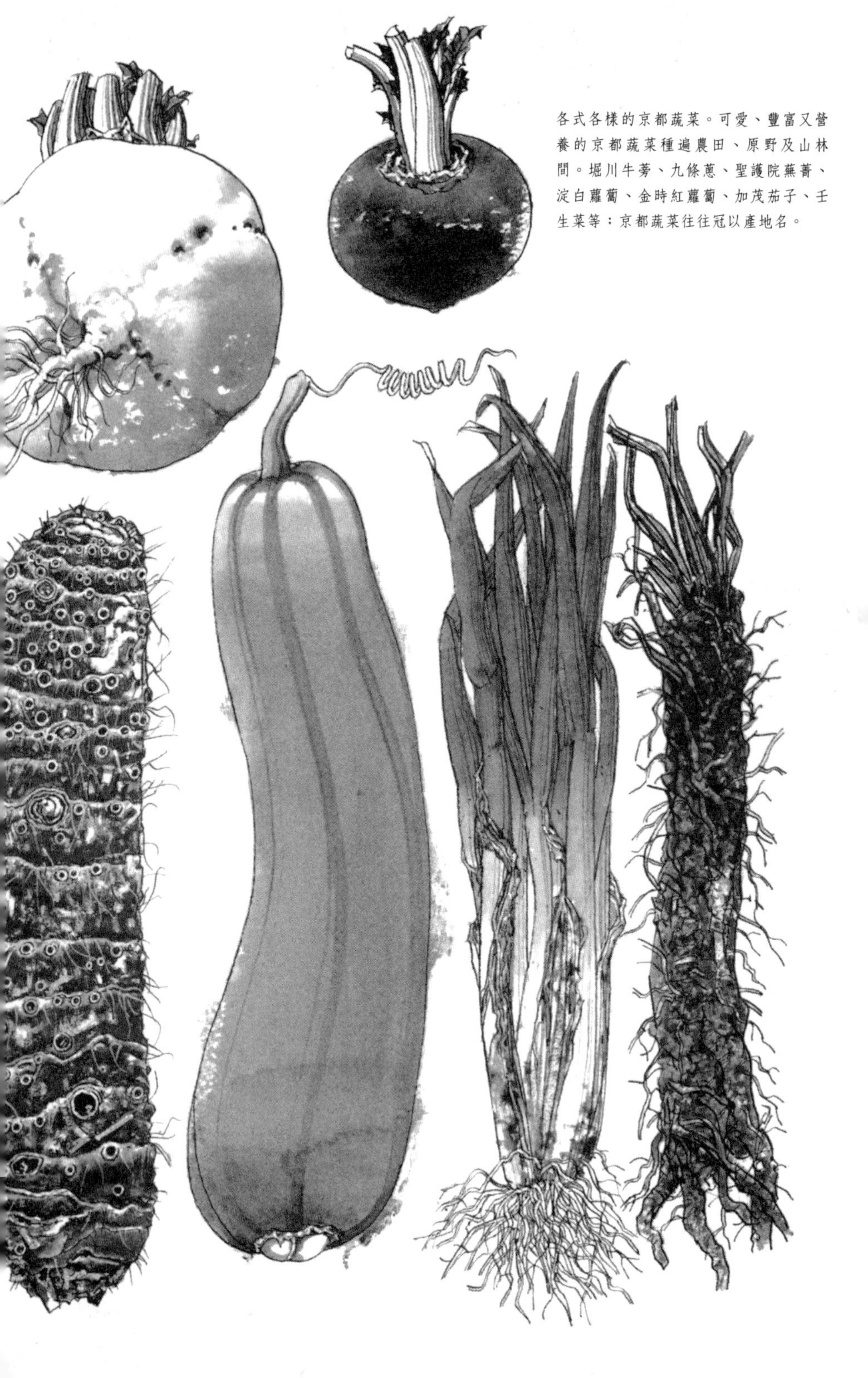

各式各樣的京都蔬菜。可愛、豐富又營養的京都蔬菜種遍農田、原野及山林間。堀川牛蒡、九條蔥、聖護院蕪菁、淀白蘿蔔、金時紅蘿蔔、加茂茄子、壬生菜等；京都蔬菜往往冠以產地名。

母親會馬上處理這些竹筍，並裝盛在民間工藝的大盤子或大碗上，好讓我們大快朵頤。母親做的竹筍料理比起任何高級餐館的都要美味可口。切成大塊的竹筍點綴上裙帶菜，真是絕佳組合。父親嗜食味噌煮竹筍，每次那堆得像山一樣的竹筍轉眼間就被一掃而空。白味噌裡調入少許的紅味噌，再加上一點點味醂所煮成的竹筍料理，是深受來訪客人喜愛的一道佳餚；特別像是柳宗悅、河井寬次郎等民間工藝大師都喜歡這道料理，因此母親製作起來也格外有勁。

如果食材本身夠好，無需多餘的加工，簡單的當地料理最為合適；拌上白醬、或是以大火快炒等，都是為了掩蓋食材不佳時的烹調法，這是我從竹筍料理學來的心得。

京都是個竹筍及各種蔬菜都很豐富多樣的地方。對於住在京都的當地人來說，這是理所當然的事情，然而許多搬到關東附近居住的友人們，都會異口同聲的表示他們非常懷念京都的蔬菜；在那裡，說是京都的特產、甚至京都蔬菜，但味道卻不同於京都當地。九條蔥、堀川牛蒡、山科茄子、鹿谷南瓜、聖護院白蘿蔔、加茂茄子等冠上京都產地名的蔬菜，現在幾乎已從市場上消失了蹤影。好不容易因品種保育而重新培植，但從前這些大眾化的農產品，現在卻都變成了高級食材。過去茄子皮相當柔軟，不管是用米糠醬醃漬或是拿來燉煮，都很柔軟可口。但是因為運送等貨物流通的問題，軟皮茄子不僅一天就會腐壞，皮的部分還很容易刮傷，因此已經不合時代需求的柔軟外皮只好加以改良。年邁的雙親常常感嘆這些蔬菜外觀雖然相同，但已經和從前不一樣了。

即便如此，每到了歲末年節時，我們還是能夠用金時紅蘿蔔[4]來烹煮年菜。打開精雕細琢的疊層餐盒，看到裡面裝有外型可愛小巧的金時紅蘿蔔，心裡的踏實感可是西洋紅蘿蔔所不及的。

另外，還有丹波的黑豆。圓潤豐實或帶有一點縐褶的黑豆不管怎麼烹調都適合，這就是帶有黑色光澤的黑豆的優點。令人高興的是這項食材現在仍找得到，是目前尚存的京都蔬菜之一。

每個季節的美味佳餚，即使是不太起眼的料理，母親還是會不辭辛勞的做給家人品嚐。例如煮豆飯的時候，母親一定會搭配稍微醃漬過的醃蘿蔔葉。初夏時節，白蘿蔔的菜葉心細嫩，母親活用食材，煞費苦心做出來的醃漬品，是孩子們的最愛。菜葉先迅速用水川燙，切細成約兩公厘的寬度後，擰乾水分，再灑上些許鹽巴就大功告成了。這些菜葉拌上切細絲的搓鹽白蘿蔔既美觀又可口。不過，直接食用最美味。淋上一點醬油，鋪滿在熱騰騰的白飯上一起吃，真有說不出的美味，只要早上的餐桌上出現這道佳餚，我們就會深深感受到時節已經進入五月了呢。另外，還有初秋時分的薑；在一股腦兒沉到熱水底的薑淋上甜醋即可食用。以前母親會將這些薑裝進寬口窄底、底座部分是黑色的玻璃杯裡，再放到餐桌上。啊，秋天到了！一看到這道菜我們又會深切體悟到季節的轉換。

## 美味絕倫的愛心便當

母親要求事情一定要做得乾淨整齊，甚至神經質的堅持到所謂「潔癖」的程度。我深刻感受到自己現在也被訓練得像母親一樣；每當削蘋果或水梨時，我會嚴守母親訂定的鐵則，手盡量不直接碰觸到果肉的部分。說到壽岳家一貫的削水果方法，剛開始當然是先將洗淨的梨子切成兩半，再把水果兩端凹下的果蒂部分切成一個小三角形。當然了，下刀時手要扶著果皮的部分才行；接著將切半的水果再對切，即可削去果皮，將切成四分之一大小的水果裝盤端出。若不照著這個步驟，手就會直接碰觸到果肉，這可是犯了母親的大忌。我自己是已經習慣這種削水果的方法了，但其他人不見得會這樣做吧，每當我看到別人在切水果，就會用不懷好意的眼神觀察別人。

每天使用的抹布一定要煮沸消毒好幾次，廚房也要徹底打掃乾淨；洗菜和洗碗的地方不可混同使用（現在我都在小倉庫的水台洗菜葉，母親對於小倉庫可以這樣變通使用感到相當高興）；還有錢不可以直接放在餐桌上，如果拿取過銅板鈔票，手一定要徹底洗乾淨才行。這些規則都是我們家的生活紀律。

順道說一下，若非長途旅行，我絕不會在電車等大眾交通工具裡頭吃東西，這樣不僅吃相難看，最重要的是非常不衛生。關於這一點，我又不禁疑惑的思索著，最近的年輕媽媽們實在太漫不經心了。計程車司機曾經對我說過：

「哎呀，現在的年輕媽媽實在很糟糕，冰淇淋、巧克力就這樣讓小孩子拿上車，還毫不在意的弄髒座位。」

搭計程車時，我碰巧看到車子的踏墊上掉滿粘膩的垃圾而嚇一跳，結果司機這樣對我解釋，還發了一頓牢騷。

「像這種時候，你就要開口罵罵她們啊。」

對於我氣憤的附和，司機只能無奈的說道：

「說是這樣說啦，她們也不會道歉啊。甚至還會說什麼，哎呀，好可怕的叔叔喔。」

想要享受美味、安心用餐，衛生以及餐桌禮儀是必要條件。對於做料理的人來說，圍在餐桌邊好好用餐，就是對他們最大的敬意。最近在餐廳裡常會看到有小孩胡亂碰盤子、把餐具弄翻，甚至玩弄食物，沒有一點用餐的衛生觀念，這是我母親最不喜歡看到的。我們雖然是非常愛吃的一家人，但進食的時候絕對不會邋遢或馬虎；我們對於吃這件事是專注且全心全意的。我們看似享受，卻絕對遵守餐桌禮儀，即使是食慾旺盛的弟弟，也會恪守這樣的用餐規矩。

植物園旁的賀茂川堤防上，沿路長著一排櫻花樹，這是京都的另一種風情。從大正時代到昭和時期，綠色庭園不停的生長茁壯著。

另外，邊用餐邊看報紙，還不經心和妻子聊天的丈夫，在我們家是不可能看到的。我的家人總是真誠的看待「吃」這件事。

從孩提時代開始，我們家就常出外踏青。平常日子埋首於工作的雙親，一到了星期假日就會徹底放鬆心情。在我年紀尚小、還住在南禪寺的時候，我們常會去京都的植物園郊遊。若是天氣晴朗，就更常外出。現在植物園是個不太受歡迎的約會場所，但這個剛好在我出生時完工的植物園，從前可是座美麗的綠色庭園，東邊可以看到比鄰的秀麗山峰，旁邊有賀茂川的河水流過。當時市內電車還沒有通到植物園旁，入園時必須從位於北大路橋西邊的



北大路植物園裡的溫室。在面積二十五萬平方公尺大的園內種植了一萬七千種植物。其溫室是蘭花的王國。

烏丸車庫過去，橋上通常並排著許多攤販，三個十元的水煮蛋蛋殼上沾滿了鹽巴，放在小小的竹簍裡。我們帶著歡欣興奮的心情來到園裡，在一片大草坪上盡情玩耍，差不多到了吃便當的時間了。我們的便當是母親以俐落手法，快速做出來的美味愛心便當。在之前特別收藏的糖果盒裡，裝滿灑上黑芝麻的飯糰，而另一個疊層餐盒中則放入魚板、竹筍等蒸煮料理，另外還放有水煮蛋。木盒的沉香味真是令人陶醉。

有一次，飼養在植物園某處的羊群突然朝我們奔跑過來，引起了一陣騷動。當時我們馬上把餐盒蓋上，一把塞到腋下站起來就要逃走，但其中一頭羊卻早一步跑到我們跟前，踩住了母親的手織蕾絲披

高尚典雅的賀茂御祖神社（下鴨神社），在一片綠意的包圍下供奉著神祇。

肩，結果，母親和那頭羊搶披肩搶到面紅耳赤，當時那種趣味感混雜著驚惶的奇妙場景，我一輩子也忘不了。至於那條精緻美麗的蕾絲披肩，我不覺得母親是會花錢買那種上等貨的人，一問之下，果然是從別人那裡收下的禮物。到現在，我對於當時那頭羊一腳踩住蕾絲披肩的事情仍記憶猶新。

後來羊群好不容易離去，我們再度坐下，想要繼續享用美味的便當，但感覺實在是奇怪又有點驚魂未定。如果這種事發生在現在，可能會有人滿腹牢騷，但當時我們可是蠻安閒的，這也算是一段有趣的生活插曲吧。

其他的郊遊地點有醍醐、牛尾山等，搬到向日市後，則到峰峰相連的西山或富有古風的寺廟去走走，這些地方具有京都特有的韻味，完全不用擔心沒有地方可以走走逛逛。午後帶著點心和水壺，信步閒逛，或是一大早就起來，準備好餐點出外郊遊，無論何種形式，趣味總是無所不在。我們不曾大老遠跑出去旅行，頂多是一家人在夏天到父親的故鄉播州省親，但是對孩子而言，已經沒什麼比這更令人興奮期待的了。而這其中泰半的樂趣，就來自於母親親手做的飯糰便當。

## 享受外食之樂

葵之祭典。從平安時代開始舉行的儀式，於每年五月十五日時舉行，是最盛大的祭典。陽光透過林間灑落在牛車或古老的祭典裝束上，令人心曠神怡。

我們家常到外面用餐，因為在家吃飯要花費很多的心力去準備。不曉得是因為我們非常重視飲食的緣故，還是我們鑾常全家人一起外出，總之我對於在外用餐的印象特別深刻。從大眾化的小吃店到比較高級的餐館，都是我們會前往品嚐美食之處。

孩提時代，我並不特別覺得只有高級餐館才好，對小孩子來說，最重要的還是新奇有趣。

新京極附近開了許多店家。我們曾在聖誕節的時候到寺町通的「明星食堂」（有認證的大眾食堂）用餐，這件事著實令人難忘。那天在店裡還特別讓弟弟戴著尖頭帽子吃西餐，對小孩子來說，聖誕節的裝飾品是那麼的絢爛奪目。看著裝盛湯和肉食料理的杯盤器皿，這頓大餐實在令人期待不已。

我們常光顧一家位於新京極的壽司店「華月」，每個月固定某一天，這家店會舉辦折扣活動，我還記得每次來這裡吃飯，我一定會點金槍魚手捲來吃。往新京極的北邊走去，會走到一條橫貫東西的六角通，再往東邊稍微走進一點就可看到一家賣鰻魚的「金嶼」。進這家店必須先脫掉鞋子，在門口看顧鞋子的店員一看到客人進來，就會大聲喊著：

位於三條小橋旁的「松鮨」。傳承至第二代的壽司店，由師傅熟練的指尖創造出一個個的美味壽司。我很喜歡這裡的星鰻壽司。

「喔！共四位喲！」

我每次都會被那響雷般的喊叫聲給嚇到。脫鞋後，走進店裡圍著一張小桌子坐下，分別點選自己想吃的餐點。我每次都會點金絲蓋飯。雖然取名金絲，這家店的做法卻是把像烏龍麵一樣蓬鬆柔軟的煎蛋，放在鋪滿切段鰻魚的白飯上，然後蓋上蓋子，煎蛋的邊總是會露出碗蓋之外，每次看到這樣的場景往往興奮的不得了。父母親點的則是鰻魚蓋飯和鱔魚肝湯。環視店裡，只見壁面上裝飾著岩石布景，甚至有小小的瀑布，精緻美觀令人讚嘆，我每次都會為了這個精心布置的店內裝潢暗自感動。這家店後來越做越大眾化，它的本店原來是位於京津線（往來於京都、大津間的私營鐵路）大谷車站旁的川魚料理店，該店在那一帶以地處寧靜聞名；不過，對小孩子來說，京極的「金嶼」已經非常高級了。可惜現在它的金絲蓋飯已不若過去講究。現在我最常吃的是南座附近的鰻魚店——「松乃」的金絲蓋飯以及和風沙拉，不僅品質好，味道更是沒話說。但是我仍然非常懷念孩提時代「金嶼」的美味。現在「金嶼」甚至取消了脫鞋的規定，客人也只是坐在櫃檯邊的椅子上用餐，完完全全變成普通的食堂了。

小時候我的腳力非常好，有一次甚至從比叡山的頂峰一路下山走到坂本。弟弟當時還沒有出生，我一邊牽著父母親的手，毫不哭鬧的跟著大人走下山，讓當時一起健行的人佩服不已。走到京都後，我們找了一間餐廳坐下來用餐，我在那裡迅速吃掉一人份的咖哩飯，吃完後還緊握著湯匙，嘴裡喊著「我還要」，結果又吃掉了一碗，把那間餐廳的老闆娘嚇一大跳。

「我從來沒看過個子這麼小、又這麼能吃的小女孩。」

我大展神威的另一個舞台是一間叫「南」的餐廳，據說在當時的京都小有名氣。這間店面小而靜謐，但料理的事前準備卻非常講究，聽說該系統的料理不久後還傳到京都大學同窗會館的樂友會館。

雖然我們家也常光顧「南」，但我第一次真正體會到正統的餐廳用餐卻是進入女校念書之後的事。那間餐廳叫作「阿拉斯加」，在河原町三條以大膽壁畫裝潢而聞名的朝日會館最上層。我還記得到那裡用餐的事。那天我沒有穿著制服，而是穿一件好不容易才擁有的夏季洋裝，並配戴一朵人造紅玫瑰。我在「阿拉斯加」和同年級的N同學相約見面，她是有錢人家的千金小姐，早就習慣這種場合，然而對第一次出入正式場所的我來說，卻是一次非常緊張的經歷。

握壽司算是相當奢侈的料理，也唯有這道料理，父母親才會帶我到一流餐館享用。母親不愧是熱愛壽司料理的美食家，這大概是她唯一較為奢侈之處了。記得我們曾到過一間名叫「纏」的店，不過最常光顧的還是「松鮨」。那家店現在仍位於三條小橋上，當時負責料理的大叔在母親過世後沒多久也去世了，不曉得他是否仍在另一個世界製作美味的壽司呢？

被小說家池波正太郎譽為日本第一的「松鮨」，味道真的是美味無比。家裡每個人都有自己偏好的口味，我喜歡的是星鰻壽司。這家店的店面極其狹小，但整理得非常乾淨，在需要到處東彎西拐的店裡，可以看到老闆以及老闆的媳婦、孫女們穿梭在店裡幫忙；先將星鰻迅速翻烤過，然後放在壽司飯上，用刷子刷上絕頂美味的醬汁，最後再放進河對岸、享譽日本的「樽源」[5]所製造的桶狀器皿內，盛裝上桌，這真是令人期待的好味道。在內部漆成朱紅色的桶子裡，並排放著兩塊香嫩順口的星鰻壽司，用手一把捏起後，再將它一口吞下，香醇濃郁的美味渾然天成，瞬間整個人彷彿要融化了。「松鮨」的握壽司飯量很少，我非常喜歡，因為，這樣就可以吃下很多種壽司。

當作開胃菜的蒸煮章魚也蠻好吃的，或許是因為他們的料理全用酒來蒸煮之故，因此口感非常的柔軟。除此之外，粗捲壽司不僅外觀華麗味道也很香甜；還有一樣是我最近才嚐到的，使用大量昆布，先將一片青花魚肉包緊，再迅速用火烤過。老實說我非常不喜歡吃青花魚，但是這道料理不僅除去了腥臭味，也改變了青色的外觀，是一道好吃到說不出話來的料理。

父親和母親從上一代老闆還很年輕時，就開始光顧「松鮨」，當然年紀還小的我也將吃了兩人份咖哩飯的力量，發揮在壽司這項美食上。總而言之，我對壽司是絕對不會感到厭膩的。我總是不停的將壽司吞進肚裡，看著我長大的上一代老闆，無論我點了什麼，他一律沉著冷靜的將料理端到食量媲美大人的我面前，「來了，這是小小姐的」，而且份量往往比父母親的還要多。

那位令人懷念的老闆現在已經不在了。他是個十分適合穿白圍裙的人，脾氣溫和，可也豪邁爽快，為人非常的好。像父親這樣的學者，或是像岡部伊都子這樣的作家，甚至是帶點土氣、或喜歡熱鬧的人，還是一般的上班族，光顧的客人形形色色，但無論是誰老闆都能自然的和他們聊起來，手邊也毫不歇息的工作著。真是個豪爽親切的京都男子。

這家店即使傳到了第二代，我仍常常前來光顧，雖然無法像以前那樣毫無忌憚的大快朵頤，我還是希望將來能繼續品嚐到它的壽司料理。

還有一件事是發生在戰後，父母親常去品嚐某位女性所做的料理，剛開始還是小孩子的我當然無法陪同前往。那是父母親的朋友們常常光顧的一家店，店老闆並不是哪家京都老店的第幾代老闆，她只是一位普通女性，因為喜愛烹飪，於是跑到相國寺的廚房接受嚴格的修行，之後她就把那些慕名而來的人當作自己的客人，在自家（某藥局）的二樓烹煮料理給大家品嚐。由於眾人都稱讚她料理的功夫一流，過沒多久她便努力籌措資金，在金閣寺前的空地上，蓋了一間類似茶室建築的店面，以專業廚師的身分出發。我大概就是從這個時期開始，加入了客人的行列，當時我已經是個在工作的社會人了。

名為「雲月」的這家店，不久就將店面搬到京都市北區的鷹峰，我一年大概會去那兒光顧個兩、三回。曾經是光悅等人的工匠集團所在地的鷹峰，上坡道並列著成排的房屋，彷彿是靜謐又別有風情的另一個新天地。快到光悅寺時向右拐個彎，就會看到通往「雲月」的竹林小道。店家面對著釋迦谷，是一棟寂靜優美的建築。我很喜歡它那不予人自命清高的寧靜氛圍之感。料理的風格同樣充滿著寧靜舒適之感，完全沒有誇張又俗氣的裝飾。由於老闆娘曾在相國寺修行，這裡的蔬菜料理種類非常豐富，正合我的口味。各種可愛精巧的料理對食慾旺盛的年輕人來說，可能不太足夠，卻相當符合成人的喜好。該店特點就是掌廚的老闆娘總是待在廚房專心的烹煮料理，偶爾才會在客人要回去時穿著圍裙和高腳木屐，走到餐廳的前場來。負責招呼客人的，是嗓音清脆悅耳的老闆娘女兒，穩重溫暖又充滿人情味的招呼聲，顯露出她純真誠懇的個性。聽說她也下了一番苦功學習料理，並做過相當的修行訓練，但是她從來沒有因此而到處炫燿。即使是上了年紀，她依然還是這個樣子，我們兩家的第二代也交往甚密，而且最令人高興的是她的母親仍舊健在。

「雲月」最大的特點就是優雅靜謐的氛圍，即使是端料理給客人的店員也恭敬有禮，感覺相當平靜爽朗。這是一間對我非常重要的料理店，我們之間有著積極而深切的關係。

還有一點是我很中意的，那就是「雲月」位在北山上。夜晚的庭院裡，偶爾會出現狐狸的身影，令人不禁期待牠們的到訪。北山帶點憂鬱的山影也為附近的景色添加些許特殊的色彩。土地、料理、人。「雲月」就像是我的另一個故鄉。

當然京都還有許多獨特的好店，西陣一帶、祇園東山附近、四條通、河原町通、寺町通、北野附近、鴨川沿岸等地，都有許多不錯的餐廳。無論是小店家或是大餐館，這些地方的料理選擇種類眾多，價格也高低不一。從價位驚人、讓我們負擔不起的高消費餐廳，到負擔較輕的小店面都有，價格上有著很大的空間。就這方面來說，京都可說是非常適合居住的城市。

京都還有很多適合獨自去用餐的地方。佇立在街頭一角、讓人心情放鬆的烏龍麵店也蠻多的。木葉蓋飯、青魚蕎麥麵、長崎湯麵（或者應該叫什錦烏龍麵）、大滷麵……你可以配合時節、或看當時的飢餓程度，輕輕的掀起門簾點一份適合自己的餐點；在京都，麵店所準備的高湯通常不會熬得過於濃重而讓人感到膩口。商店街的烏龍麵店裡，精神飽滿的歐巴桑穿著木屐喀喀的響著，客人點完菜後，就用店裡的暗語大聲的跟廚房點菜。有些摩登的烏龍麵店，將店面裝潢更新，使用黑白系的色調來統一店內的氣氛，讓人眼睛為之一亮。無論是何種店家都各有一番特色，但不管是哪一家，口味清淡、容器內層的色彩美艷，則是關西共同的特徵。對於東京的濃厚口味感到吃驚的我，還是比較適合京都清淡高湯的烏龍麵。

我們家長久以來都生活在京都這個城市裡，家族與家族間的牽絆和深切情感，都讓我們和往來的商家之間保持一份特殊的交情。

## 早餐不可或缺的味噌湯和醃醬瓜

父親非常喜歡味噌。我們家的早餐幾乎都是日式料理，所以餐桌上一定會有味噌湯。從前的家庭很少會吃麵包，早上喝味噌湯是理所當然的事，但是現在應該有很多家庭把麵包當早餐吧；如果家裡有年輕人的話，或許我也會準備這樣的早餐。不過我家如果早上沒有炊煮白飯的話，偶爾也會用麵包來代替；把味道微淡且完全風乾的麵包拿來當吐司烤，炒些青菜搭配著吃或是單吃麵包，另外再配湯、牛奶、咖啡或紅茶等。雖然這樣吃也不錯，但即使住宿飯店也喜歡選擇日式料理的我，真可說是不折不扣的日式料理支持者。母親當然也是如此，父親曾有數次機會可以前往英國，但是每到最後關頭總是無法成行，主要是因為母親是個日式料理主義者，要是餐點不是日式的，可是會讓母親感到困擾。於是，父親自然也就沒辦法出國。

味噌是我們家非常重要的食材。每天早上必會有味噌湯。白味噌和紅味噌是不可少的，此外還有別人送的八丁味噌、信州味噌，以及自行調配的味噌，如何搭配其他佐料做出想要的味噌口味，這完全要靠頭腦。孩提時代的我最喜歡的是馬鈴薯配白味噌。當廚房的掌控權漸漸落在我身上，特別是在大戰結束後，市面上大量推出比從前種類還要豐富的食品，家裡味噌湯的口味也就變得更多樣化，像新鮮麵筋搭配白味噌和蔥末等。有家店會把切絲的紅蘿蔔加上香菇、金針菇、柳松菇等蕈類食材，佐以紅味噌調味，看起來非常美觀，最近也成了我的拿手菜之一。用豆腐煮湯時，就配上海帶芽，或是大手筆的購買朴蕈來料理。至於白蘿蔔絲則配上油豆腐，也可以搭配茗荷、秋葵、芋頭、地瓜等。味噌湯的湯料隨著季節轉換，可以產生不同的變化，的確是樂趣無窮。母親不太喜歡放入太多種湯料，她覺得那樣很俗氣。不過，當我在仙台遭遇空襲無家可歸時，在借宿的農家吃到了湯料堆滿整碗的味噌湯，它的蔬菜種類豐富、份量又多，正適合味噌湯的湯底，也因此我煮的味噌湯湯料會比母親的還要多。

味噌的用途相當廣泛，除了味噌湯外，還有味噌醬拌料理、味噌醃魚；和肉類也很搭。也有可當小菜直接食用，如金山寺味噌、鯛魚味噌、柚子味噌、辣味鐵火味噌等，

這些味噌現在在大阪的「米忠」或是京都的「石野」、「本田」可以買到。這幾家都是非常有名的味噌店。我們家主要是請在阪神百貨開店的「米忠」將味噌直接配送到家裡，如果商品已經售完，則會去光顧「本田商店」。特別是帶有稍許甘甜香味的金山寺味噌，絕對要買「本田」的。不過，我們家固定會從唐招提寺收到加了許多蔬菜的紀州金山寺味噌，所以，只有在這些味噌用完後才會特地去買。

我們家和「本田味噌」開始有往來是大戰結束後的事。當時弟弟透過我小學時代的恩師柚木先生的介紹，到「本田味噌」去當家庭教師，教的學生是即將參加大學入學考試的姊姊和小她一歲的弟弟，雖然時間並不是很長，但他們一家人都非常的開朗健談，因此我們兩家開始有了往來，並持續到現在。兩家開始往來之後，本田夫婦倆偶爾也會來家裡作客。

「本田味噌」由兩兄弟共同經營。和我們家成為朋友的是弟弟三輪先生，他的店位於堀川三條通，就在進入堀川靠西邊地區的北側；哥哥的店還要再往上走，位於室町一條通。雖然他們製作販賣的商品都一樣，其實彼此早劃分好負責的區域，絕對不會因區域重疊而互搶生意。他們的生意之所以如此興隆，靠的大概就是這份智慧。例如，在百貨公司買到的一定是哥哥店裡的商品。

我曾經參觀過店內以及製作商品的工廠，看到大家井然有序、辛勤揮汗工作的模

「本田味噌」的工廠。味噌對京都人來說是不可或缺的生活必需品。裝在大桶子裡的是遵循古法製造的味噌。（中京區三條通堀川往西的橋西町）

這棟古樸的建築物擁有非常寬闊的空間，一抬頭就可以看到特殊的屋頂。（三條通「本田味噌店」的廚房）

樣，深深感受到味噌果然是京都人飲食生活的基礎啊。弟弟去本田家當家教時，剛好碰到他們全家動員忙著將味噌裝袋，好趕得及在過年時零售，連孩子們也參與其中，讓人體會到他們雖身為大商家，孩子的生活仍然遵循著勤勉精神。弟弟在他們那歷史悠久的大宅院裡拍了一張照片，背景就是平時授課的客廳。從照片上可以看到牆壁附著一點一點的白色痕跡，一問之下才知道那是壁虎的卵孵化形成的。在這樣的大家族裡居然有壁虎，由此可見三輪家的豁達胸襟和幽默家風了。

三輪先生雖然能言善道，其實是個看盡人情冷暖、通情達理的人，不但對政治有獨到的見解，也費盡心力擴展家族事業。簡單的說，他熱愛味噌，並且積極面對人生。

三輪先生的夫人則從旁協助丈夫。謹慎而處事周全的她，是個很懂得拿捏分寸的京都女人；她跟著凡事隨性的丈夫，在該阻止的時候果斷的加以制止。對京都商人來說，這種女子是最理想的老婆典型，而她應對生意的手法也的確令人佩服。

一說到和味噌相關的話題，那真是聊也聊不完。當我煮白味噌搭配新鮮麵筋的味噌湯時，總習慣加入芥茉。

「妳懂得還真多啊。」

和別人提起這件事時，我常被如此讚美而頗覺得意，其實，這是我到西宮那間名副其實的老店「張半」時，喝到裝盛在小小漆碗裡、擁有不可思議的美味的味噌湯後，向店員討教的做法，之後，我就把這項「生活小智慧」加進自家的食譜裡。

不管怎樣，從京都到整個關西，在大年初一到初三都會準備白味噌煮年糕湯慶祝，所以每年這個時候白味噌總是熱賣，甚至得動員孩子們幫忙將白味噌分裝零售。過去在工廠幫忙的孩子，現在已長大成人且繼承了家業，在時空荏苒中，可靠、勤勉的經營著家業。現在裝袋的工作已交由機器處理。家裡既是工廠也是販賣商品的門市，雖然本家位於市區，但全家人仍住在味噌店的前半部，活力十足的過著生活。真是一家有趣又可靠的味噌店啊。正是這樣的店家再次令人感受到京都的味噌生活。在三條通上也有其他的好店，「本田味噌」旁就有一家販賣京菓子[6]和祇園稚兒餅[7]的名店「三條若狹屋」，兩家的點心都是以味噌調味的風雅糕點，而味噌當然全部來自於「本田味噌」。

早餐還有一樣非吃不可的配菜，就是醃醬瓜。我非常喜愛醃醬瓜，雖然自己會做一些家常的速成醃漬品，以及夏天吃的米糠醃菜[8]，但已經不像從前的人，在自家醃漬蘿蔔或白菜等。母親在少女時代就常常會用醬菜桶或大木桶醃漬各式各樣的蔬菜，在和父親共組家庭後，由於場地限制再加上忙碌的關係，已經不再繼續醃漬醬瓜了，不過米糠醃菜仍然帶給我們清爽的夏季美味。

## 難忘「近清」的千層醃菜

除了全年可見的醃漬品，還有一些和京都四季相呼應的應時醃漬菜，姑且不論營養價值如何，這些醃漬食品每到了固定時節總會出現在餐桌上，令人切身感受到季節轉換的氣氛。每到春天就會有醃泡入味的醃酸莖[9]，冬季則是千層醃菜。

過去一定會有商家供應京都千層醃菜，讓客人買回去送給各地的友人，京都雖是個小地方，卻有非常多知名的醬菜店，北邊上賀茂神社旁就有一家著名的「成田」。在具有昔日農家風味的沉穩泥巴地上，陳列著各式各樣的醃漬品，不僅外觀好看，吃進嘴裡的味道相當可口。製作醃酸莖時所挑剩的菜葉，可製成清淡的醃漬物，這對居住在京都的人來說充滿幸福的味道。要製作著名的醃酸莖，菜葉不僅要豐厚碩大，色澤也必須是濃重的深綠色，就這點而言，那些被挑剩下來的菜葉就有些可惜了。

另外，我也很喜歡山椒花。儘管價格頗高，但從內陸的鞍馬、花背附近到上賀茂一帶的特產山椒花，卻是我的最愛，它可以灑在煮好的米飯上食用，或是包一些在飯糰裡。總之，山椒花可說是帶來初夏滋味的香味使者。山椒的果實、葉片和花朵都能有效的利用，是日本非常好的香料之一；不過對我而言，最香濃味美的還是用醬油、味醂和砂糖熬煮成的山椒花。用花煮成的料理往往帶給人一種成仙的感覺，似乎連壽命都延長了呢。

在京都著名的食品市場裡有很多醬菜店，有寂靜佇立在一旁的店家，也有熱鬧且充滿人情味的店家，各家商店各具獨特的經營個性，做出來的味道也各有千秋。除此之外還有「村上」，以及從祇園附近的賞花小徑往三條的方向走去，即可在東側看到「八百伊」等店家，這些好店多到十隻手指頭也數不完。我家最常光顧的，是一家名叫「近清」的醃漬食品店，特別是千層醃菜，我們只會買這一家的。從「八百伊」北邊的馬路往東走一會兒，便可看見「近清」的招牌，店的格局和一般醬菜店並無差異，但是他們的千層醃菜堪稱是京都第一。

前面曾提過位於三條小橋的「松鮨」，當上一代的老闆身體還很硬朗時，發明了一種新的握壽司。說發明或許小題大作些，但是對於熱愛壽司的壽岳一家人而言，的確是一種新發明。先將鯛魚包捲在飯上，再放上一小片千層醃菜，對半切後，造型變得相當可愛，擺放在壽司盤上的模樣就好像飛往鴨川的鳥兒，所以父親就把這種握壽司取名為河千鳥。至於河千鳥上面的千層醃菜，當然就是「近清」的。

我所喜歡的千層醃菜一定要有柔軟的口感，不過那並非完全的軟爛，其中必須帶點清脆才行。味道上也不可太過甜膩，必須有些微的甜味再加上適度的鹹味。雖然一樣都是千層醃菜，但是每家所做出來的味道都不太相同，而「近清」所製造的幾乎達到了我所認為的完美。

維護著這家店的基本口味，是至今仍健壯的上代老闆，現在他還經常在店裡幫忙。這家店是同名本店的祇園分店，店家由於坐落在祇園附近占了地利之便，生意因此相當穩定。而努力經營生意、同時目前也是店裡支柱的，是上代老闆的兒子全家。雙頰總是帶著天真紅暈的第二代老闆，製作出的商品味道不輸給上代老闆。每到冬天我就會拜訪這家店，除了委託他們幫我運送一些醬菜給好友外，還會帶些千層醃菜回家，當天晚上餐桌上就會出現這道美味料理。千層醃菜的製作方法，是將大頭菜切成八分之一的圓形薄片，再將重疊三、四層的薄片沿著盤皿邊緣整齊排好；另外還要處理和它味道很搭的醃水菜，將透著翠綠色的水菜擰乾水分後，擺放在另外一端就可以了。

掀開運送千層醃菜的桶蓋，視覺瞬間受到的震撼是筆墨無法形容的；這就像綻放的花朵一般。參雜著許多昆布的白色圓形蕪菁，周圍擺放一圈水菜，還有紅色食材的點綴。白色、綠色、昆布的黑色以及紅色，每當打開桶子準備動筷時，又會覺得夾起蕪菁來吃實在好可惜，可見其色彩之豐富繽紛。

「近清」的店門前擺放著商品，附近居民常會過來買個一兩天份的醃漬品，客人中也有小茶館的女服務生等。店裡除了京都千層醃菜之外，還擺著許多裝有各式醬菜的大桶子。白蘿蔔、醃黃蘿蔔、白菜、大頭菜，無論哪一種都很美味，口味的鹹淡也有多種選擇，客人可以隨意挑選一些帶回去嚐嚐，實在方便極了，就好像是自家廚房的延伸一樣。店裡從常見的普通醬菜，到京都的美味珍品京都千層醃菜都有，所有的商品不分價格高低全部陳列在一起，是風格樸實的商家。我很喜歡這裡，在此心靈可以得到歇息。我只買這家的京都千層醃菜，別家的我都不要。上代老闆的老家就在我所居住的向日市附近，所以我們的交情並不只是單純的商家和客人，感覺上我們就像親人，一起住在相同的生活圈中。母親去世時，他還帶著奈良醬菜[10]到靈前祭拜，實在感謝他。

超市裡也同樣擺有許多籃子。買東西的客人和商家之間未曾謀面，彼此也不相識，可說是毫不相關的買賣關係——雖然無論是肉類食品，或是各類蔬果應有盡有——但對我而言，這不是便利性的問題。這個東西要去那裡買，那個東西一定要用這家的，當我決定好就會直接前往購買。或許有人會覺得這樣很奢侈，甚至可能會說，不過就是吃的東西罷了，幹嘛要那麼費事跑那麼多地方去買，閒著沒事做啊。但是，生活這件事，特別是在京都過生活，本來就是會和許許多多的人相遇，和眾人產生某種關聯啊。

「來買東西啦，千層醃菜的季節又到了。時間過得真快啊，一年又過去了。妳父親的身體狀況如何啊？」

「還算硬朗啦。你們過得好嗎？」

像這樣一邊熱絡的打招呼，一邊包裝商品，老闆還會詢問客人是要這個、還是那個贈品，真的是非常親切。像這樣人與人之間有所交集，人情味濃厚的感覺才是我真正想要的。

當父親還很健朗、能夠精力充沛到處走動時，也常會為了某些東西到特定的店家去買。例如「醋」。這些日子以來，只有我和父親兩人一起生活，因為工作過於忙碌，所以我們家的生活比起以前變得簡單許多。從前父親會為了買「村山千鳥醋」而特地跑到三條通去。說起來，母親有時也會覺得為了買個醋特地跑到三條通有點大費周章（這時可以馬上請隔壁的店家送過來），但是父親因為喜歡所以不嫌麻煩，在這個還說得過去的藉口下，我們也就由著父親辛苦的跑這一

位於東山三條的「千鳥醋本舖」。從前父親會特地跑來這裡買醋。整間店舖洋溢著一股老店特有的氣氛，給人沉穩、安定的感覺。

趟了。

某天父親又要去買醋。當時，父親帶著他為了購物和到大學時攜帶便利而特別訂做的大皮包出去。只是出門買個醋就回來的父親，一進門，大皮包居然散溢出一股怪異的味道。其他人為了那怪味騷動不已，而父親的解釋更是讓我們驚訝。

父親到了「千鳥醋本舗」後，買了一瓶一升容量的醋，並且把醋裝進皮包裡，回程順道去了位於四條通的百貨公司。父親將皮包放在玻璃陳列櫃上正在挑選東西的時候，女店員一個不小心（父親是這麼說的）把皮包弄掉到地上。當然，裡面的瓶子摔破了，雖然皮包所用的皮革還蠻厚的，但味道還是慢慢飄出來，整個皮包也濕了。

「她完全不關心我的狀況，只擔心自己

的商品有沒有受到損害，這種店員真是不像話。」

父親怒氣沖沖的說道。非當事者的我們當然無法了解事情的真實狀況，總之，父親和醋之間的關係偶爾也會有如此悲慘（或者是用「酸」來形容）的事情發生。這個印象深刻的回憶讓我在描寫的此刻，隱約在字裡行間還聞得到一股皮革和醋混雜而成的怪味呢。我想下次還是說些香甜的故事吧。

## 充滿奧秘的京都和菓子

京都和菓子的博大精深令人無法想像。我相信，某些人的糕點人生，是像我們這樣過著普通生活的平常百姓所無法想像的。京都有許多日式糕點舖，店頭都裝飾著鑲上美麗螺鈿[11]的疊層糕點盒，若你詢問他們的創業年代，店家可能會告訴你那店從嘉永年間[12]就開始營業了。喔，感覺上沒那麼久嘛，或許你會這麼想，但許多老店鋪其實擁有更悠久的歷史。

和菓子舖共分成幾個流派，有鎰屋系、若狹屋系、龜屋系、笹屋系等，每個流派都發展出許多優良店舖，每間店也都自創有獨特口味的糕點。我個人喜歡的是「鎰屋」的益壽糖、「笹屋」的銅鑼燒（這只有在弘法市集時，也就是二十一日那天才會製作。至於「柏屋」的行者餅則是在祇園祭時，洗滌神轎的那一天才會製作）等。

除此之外，京都還有許多不為人知的隱密店家。這麼說或許有點奇怪，但有些和茶道家有往來的店鋪，主要製作茶會專用的點心，並不會將商品展示在百貨公司或店面上。除了客戶訂貨，店家所製作的糕點是限量的，門外也沒有醒目的招牌，看起來就像普通的住家。這些店家的點心都是珍品，例如我很喜歡的生菓子[13]、初春[14]等，無論哪種都是順口香甜的美味。

京都也有許多製作年糕點心的店舖。事實上，一般人或許會覺得製作生菓子的商家似乎瞧不起製作年糕點心的店，但這些店家從必備的年糕、紅豆飯，到饅頭點心[15]等，都相當美味可口。我想介紹一家具代表性的店家，位於出市的「雙葉」。這家店就開在我所喜愛的商店街之中，我會在之後的篇幅介紹到這條商店街。它是一間遠近馳名的年糕店，店裡各式各樣的年糕點心，精緻得就像是民俗工藝品；白色的年糕外皮裡包著滿滿的豆餡，其豆餅甚至造成大排長龍的搶購人潮。這類年糕店在八月的盂蘭盆會大多關店休息，京都呈現一片寂靜的景象，從十三日的迎盆到十六日的送盆，店家會在門前懸掛牌子，告訴大家在這段時間每天要準備什麼樣的糯米丸子。

在固定的時節，這個擁有一百二十萬人口的大都市裡，大家同時享用著各式和菓子（還有年糕）：

位於今宮神社旁的烤年糕店「一和」。這裡不僅糕餅美味，店家也很有人情味。（紫野今宮神社東門前）

三月三日女兒節的日契（這種日式包餡糕點的外觀頗令人驚艷）、五月五日的柏餅、六月三十日的水無月、中秋滿月的賞月糯米丸、春分秋分時節法會上的豆沙糯米飯糰。當然並不是所有人在節日都會享用日式糕點，但說它是全體市民的總動員卻也不為過。至少我們家是一定會準備的，雖然只有兩個人的家庭要解決掉六個賞月糯米丸有些勉強，但我們仍舊會把它當作一餐飯，努力的吃進肚裡。這些淳樸可愛、歷經時間更迭的傳統節慶習俗，充滿溫暖的人情味，讓人每年都會滿心期待節慶的到來。

而京都大小鄉鎮的各個寺廟也各有獨特的名產糕餅。城南宮的御席餅、北野天神的栗餅和長五郎餅、今宮神社的烤年糕，每一種都是質樸美味的名產點心。對我而言，最棒的莫過於烤年糕了，無論是外觀或口味都完美得無可挑剔。用細竹籤串上略微烤過的小年糕，再淋上別具風味的味噌醬汁，不過分甜膩的味道，讓人不禁一口接一口。我常拜託住在今宮神社附近的學生幫我帶一些過來，課堂研討會結束後，大家就聚在一起享用。其中有幾位來自中國的留學生，他們也抵擋不住烤年糕的美味。

來自其他地方的學生並不知道什麼是水無月？它和農曆六月三十日舉行的祈神祛災儀式有何深厚的關聯，我每次都會利用這京都文化的一環，向學生們作機會教育。我一邊向學生說明賀茂神社的歷史背景，同時在研討會上讓大家嚐嚐這道包著豆沙餡的三角涼糕，不分男、女，日本或中國人，大家一起喝番茶[16]配糕點。如此愉快的經驗不是筆墨

祇園「鍵善」的店內一景。他們成功的融合傳統美味與華麗的日式糕點。這裡賣的葛切可說是人間美味。

所能描述，是我在大學任教時的難忘回憶。

我現在和一家老鋪仍保持不錯的往來關係。這間店是位於祇園石段下的「鍵善」，我們是在戰後才知道這間店，彼此的交情深厚而珍貴。

那大概是二十幾年前的事吧，時間可能還要再往前推算一些。當時我陪同父親、母親來到這家店門前，店內看來很沉寂，讓人完全無法聯想它現在門庭若市的熱鬧景象。「鍵善」的老闆娘相當親切和藹，一看到我們三個人，馬上趨前招呼。

「歡迎歡迎，過來嚐嚐我們店裡的糕點吧。」

她一邊招呼一邊介紹我們試吃店內的點心。

「啊！這個是……」

吃了之後，父親被糕點的美味所深深吸引。那精緻講究的有蓋陶瓷容器，一看便知是名工匠黑田辰秋的作品；器皿內冰水蕩漾，襯著葛粉製成的涼點，沾上黏稠的黑蜜後就可以盡情享用了。

我曾經看過《女人之坡》這部電影，內容描述某位年輕女性重振京都糕點老鋪的辛苦歷程，她和老師傅兩人一同努力，終於調配出足以重振老鋪的糕點配方。當然原著小說和電影都與現實生活並不相同，但「鍵善」重振家業、令人懾服的過去卻是真實的；

京都的乾式點心。繽紛的色彩和多變的形狀令人瞠目結舌，捨不得吃進嘴裡去破壞它的美感。設計豐富的外觀巧妙的取材自四季鮮花、賀茂川的流水或篝火祭典等風情之物。

今西母子的奮鬥歷程就如同電影情節一般。

鍵善店原本和五條坂的河井寬次郎等人有往來，店裡並且擺放著黑田辰秋的櫃子，這是他年輕時的佳作之一。

我們一行人就坐在店門前享用命名為「葛切」的涼點，它無與倫比的滋味真是天賜美味，從現在「鍵善」門庭若市的經營狀況可以想見，這道點心有多令人垂涎。由此可知，「葛切」的確廣為京都人甚至是遊客所熟知。

原本非店面的二樓，現在也擺滿了客用餐桌。點用葛切的客人相當多，所以店家不再拿黑田的作品當作裝盛的器皿，而改向輪島漆器店下訂單，這些漆器的品質也相當的好。「鍵善」製作葛切時所用的葛粉是選用上等的吉野貨，雖然原料不太容易取得，但都是為了要做出令人滿意的可口點心。

許多客人都是為了享用葛切到店裡來，其實這兒的生菓子或乾菓子[17]也很好吃。母親去世之後，我做法事時供養的點心都是這裡的。戰後，「鍵善」一家努力經營店面將家業撐起的歷程令人印象深刻，因此我想母親的追念法事委託這家店幫忙是最適合的了。

這間糕點屋原本和民間工藝界有些淵源，也因為這樣才會認識我們家，除此之外，我們兩家之間還有一件很巧合的趣事。世上有一種「乳兄弟」的說法，而我們則有「寫真姊妹」的緣分。大約在二十幾年前吧，有一個「朝日寫真」的企劃，其中有關於女人風土誌的連載，他們把某期主題設定在京都，決定選出三位京都美女。朝日新聞京都分局的人不知道是哪裡弄錯了，居然指定我為其中一位。另外兩人分別是經營花店的桑原專慶之女，還有「鍵善」的獨生女今西春子，她不僅幫忙家裡販賣葛切，甚至研發出取名為「十三里」的燒烤點心，這道糕點的原料是地瓜，味道細緻美味、品質一流。但是怎麼會指定我為京都美女！我幾乎可以聽到京都女性們七嘴八舌的閒言閒語著。「什麼嘛，怎麼會選那個奇怪的人？為什麼壽岳會是京都美女，她粗手粗腳的又小心眼，而且父母親又不是京都人。報社的人也真笨，幹嘛選那種人啊。明明還有很多可以當京都美女的人選。」

幸好這些照片不會直接刊載在報紙上，只是採訪行程的一部分而已，還不至於引起太大的注目。當時為我們拍照的攝影師木村伊兵衛先生，是個讓人懷念、同業景仰的偉大人物。

因為這個緣故，我當了木村先生兩天的模特兒。我們以住家附近及府立大學等地為背景，拍了許多以我為主題的照片。最後發表的作品有兩張，在看過相片後有一種為什麼這樣叫京都美女的疑惑。另外兩位京都美女桑原小姐和今西小姐，她們發表的兩張相片一律穿著和服，也都挑選富有京都風味的地點為背景，看上去就是無可挑剔的京都美女。桑原小姐看起來優雅嫻靜，春子小姐的照片也有一種華美的感覺，比起來，我的照片真的是不知該如何形容。

因為這件事，春子小姐和我一下子就熟稔了起來，我們倆擁有的是「寫真姊妹」情誼。說起來，這也是另一段家族的二代交情。婚後春子小姐和丈夫一起經營生意，在東山那邊又開了一家店，做做喝茶歇息的小生意，生活過得很愜意，而新開的店家也很不錯。不管怎麼說，看到這位寫真姊妹過得如此幸福，我真得感到很開心。

## 一般店家所透露出的京都實力

我們家的飲食生活就這樣隨著季節交替持續著。回首過去，壽岳家確實得到許多人的照顧與幫助，才滿足了我們的口腹之慾。除了那些老舖，還有不少店家提供我們日常的美味食物。住在南禪寺時，最讓我難以忘懷的就是四處叫賣的煮豆攤。我的畫裡也出現過這間店，就兒時回憶來說，這樣的印象最為深刻。我們家也很喜歡吃豆子，即使到現在仍舊如此；煮豆攤裝有許多的抽屜，裡面分別裝了蒸煮好的大豆、金時豆、黑豆、鶴鶉豆、甜豌豆等，光是看就引人食慾大開。

我們家搬到向日市後，受到豆腐店的諸多關照。在戰前，有一位在向日市開了一間名叫「鎰屋」的商店老闆常來家裡拜訪。他賣的全都是點心類，扁平的箱子裡分隔成許多小格子，裡面放了仙貝、米菓、軟糖等的試吃品，母親會挑選其中四、五種，一到下午母親訂的貨就會送來。

戰後，我們家的生菓子以及前面提到的祭儀用糕點，都是選用「若狹屋」的。我也常會帶一些旅遊時買到的有趣鄉土點心到「若狹屋」去。

「老闆，你吃吃看這個，還蠻好吃。」

我常用這種方式想讓老闆俯首稱臣，但實際上，我反而學到更多關於糕點的知識。「『洲濱』這個有名的京菓子其實加了非常多的砂糖」、「這東西的材料是這個啦」，我們會一邊拆開點心的包裝紙，一邊像這樣聊著許多話題，非常有意思。啊，想到那繼承父業的兒子已經歷練成如此成功的經營者，就不禁為自己日漸衰老而感傷起來。不過能看著他成長茁壯，真的令人相當欣慰。而這位「若狹屋」的第二代老闆則是來自京都的北野。

讀者們可以猜猜看我喜歡到哪裡購物。

我不是很喜歡到超級市場買東西，雖然在那裡可以一口氣買齊所需物品，但我還是比較喜歡傳統市場，尤其是商店街。先前提到的古川町就是其中之一，而我記憶最深刻的則是出町附近。漫長的大學生涯，每當我搭車經過那裡，總會眺望著車窗外，河原町

位於出町柳旁的京都味噌醬菜店「田邊宗」。出町柳一帶是我最喜歡的街道之一，沉穩的建築透露出的洗鍊美感深攫我心。（上京區出町形上行途中）

今出川的北邊開設了許多商店，看著那邊熱鬧的情景心情就會覺得很愉快。

第一個商店群是小攤販。雖然數量不是很多，但是魚攤、化妝品攤、烤蕃薯小販（之前在同一個地點擺的是鯛魚燒小販）等都有。

第二商店群是面向河原町通的各個店家。鞋子、化妝品，還有位於最北邊建築雄偉的味噌店「田邊宗」；另外，還有書店、花店、賣年糕點心的「雙葉」，以及生意興隆的肉品店「岡田商會」。這家店所賣的肉既便宜又新鮮，頗受消費者好評，但是我最佩服的是它的建築。這是一間有赤煉瓦屋頂的雄偉建築，帶著古典風格，與肉類這種近代化的商品相對應實在有趣極了。在半途轉往西走，可以走到另一條更有趣的商店街，也就是我最喜愛的古川町商店街。

「唉，從前這條街可是熱鬧非凡的。」

了解這條街歷史的人或許會感嘆的說道。不過，這條街現在還是十分的繁榮。

母親生病後，住進了古川町商店街旁的府立醫大附屬醫院，連同母親住院的一年九個月，前後算起來差不多有三年的時間往來此地。每天探視過母親，都會順道走一趟商店街。蔬菜店、豆腐店、衣料店（裡面也賣很多和服）、肉品店、糕點舖、茶屋等，每家店的商品種類都一應俱全，像豆腐店連新鮮麵筋都有販賣。新鮮麵筋是代表京都的商品之一，感覺很像是高級食材，其實在京都的一般商店都可以買到。這也展現出京都店家

新芽吐綠的出町柳。隨著季節變換而生長的柳樹從以前到現在都沒改變。

確實應有盡有。

## 支持京都人生活的大街

最有趣的是，在熙來攘往的商店街上一定會看到市集，這樣的組合彷彿天生的一對。究竟這些大街最初是因為市集才相繼出現，亦或是在市集之後才冒出來的，實在很令人好奇。

當你走在商店街上，購買慾便會油然而生，實在不可思議。若稍微遠離市集往東邊走去，可見一大塊像廣場的空地，旁邊就是賀茂川沿岸，這裡剛好是賀茂川和高野川的匯流處，附近有一塊大三角洲，是個風情萬種的好去處。河的對岸即為賀茂御祖神社（下鴨神社），那裡的感覺又和這兒完全不同。如同地名「出町柳」一樣，沿岸柳樹翠綠的枝枒隨風飄蕩，極為詩情畫意。

這裡離京都大學很近，走路不用十分鐘就到了。從前我有個習慣，當時我剛從東北帝大畢業，接著進入京都的舊制研究所就讀，我常常在研究會結束之後漫無目的的四處閒逛，有時會走到這附近，坐在三角洲上和朋友談天說地。那個時代不像現在有很多漂亮的咖啡廳，我們就在那裡聊著學問，度過充實的時光。感覺就像在戶外的會議室一樣。當時出町的商店街風貌究竟如何呢？應該還沒有開始發展吧。但經過四十年的光陰，現在可以看到歲月為這附近所帶來的繁榮。

一說到京都的市集就會想到「錦」。這個市集過去與京都人的日常生活息息相關，是實用性相當高的市場，不論是餐館老闆或一般大眾，都會來這裡採買用品。最近錦市場變成遠近馳名的觀光景點，路上常有一眼就知非本地人的旅客結伴前來參觀。

錦市場和其他京都的市集相較確實與眾不同，這裡有許多品質精良的貨品，種類之豐冠居全市。我也常常到錦市集逛街購物，除了購買食品之外，也會來這兒找些包裝紙，或是拖鞋等家用品。

京都還有其他較大眾化，或是比較能夠輕鬆購物的商店街，偶爾到這類型的街道逛逛也挺不錯的。像千本通就是一例。市內電車還通車的時候，那一帶比現在還要繁榮發達，商店街至今還是很努力的經營著。從大宮通往北直走，北大路南北附近也是充滿朝氣、興味盎然的購物圈。

松原通是位於四條稍南、一條橫貫東西的大道，我還記得以前這裡繁榮、車水馬龍的景象。而我之所以會來此處，是因為女校時代的朋友就住在這邊。

那是我就讀府立第一高女五年級時的冬天，當時NHK的學校廣播節目選中我的學校來表演，而校方決定要在節目裡表演合唱。音樂老師選了幾個人進行魔鬼訓練。我們

要演唱的曲子共有兩首，一首是「流浪之民」，另一首是日本人作曲的「四季初綻之花」。「流浪之民」這首歌的女高音和女低音分別有一小段獨唱，而我被選為女高音的獨唱。對於喜歡唱歌的人來說，獨唱是一件令人欣喜不已的事。「少女舞動曼妙身軀……熊熊火焰照大地……管絃音律沸騰喧囂……」一邊配著歌詞一邊唱出旋律，實在是很愉快。我並沒有特別學過音樂，對於熱愛音樂課的我來說，那段日子真的過得很快樂。事實上，母親對於學習才藝這種事極端厭惡。她不讓我們學習任何才藝，只希望我們埋首於學問，對她來說，舉止合宜的女性是不需要學習這些的。我對音樂很有興趣，音質也不錯，每當我哼起歌來心情就愉快。雖然我也想過，如果我正式學習歌唱或許會有不錯



並不全然是古都風情的京都街道，京都人從以前至今，生活型態皆追求著流行的腳步。這是位於北山通的精品店，以年輕人爲消費客群的「安奴・莫內」。

的發展，不過當時我還是遵從母親的想法。所以，那段以廣播節目演出為重大目標、每天中午休息或放學後都加緊練習的時間，對我來說就像天降的喜悅。

「流浪之民」的獨唱部分有一些半音階的旋律，需要相當的技巧來掌控。家裡沒有鋼琴，但是我又想合著伴奏好好練習這一段，幸好位於西洞院松原東邊某家店的（我現在已經不記得他們是經營什麼買賣）女兒和我同學年，鋼琴彈得非常好，而且她也參與了這次演出。平常從四條宮搭私鐵回家的我，便稍微繞路到她家，請她幫我伴奏練唱，於是我第一次到了松原通。她是個親切爽朗的女孩，因此當她爽快的用京都話對我說「來呀、來呀」時，我也就壯起膽去了。

我們走進她家擺設鋼琴的房間後，她立



位於柳馬場通三條的「竹內電氣商會」。木造房屋的側面牆壁上，有一種古樸之美。（中京區柳馬場通三條上行途中的中之町）

位於錦市場的澡堂「錦湯」。這棟矗立在京都醒目地區的木造三層樓房，是間擁有濃厚京都風的澡堂。（中京區堺町通四條上行途中）

錦湯

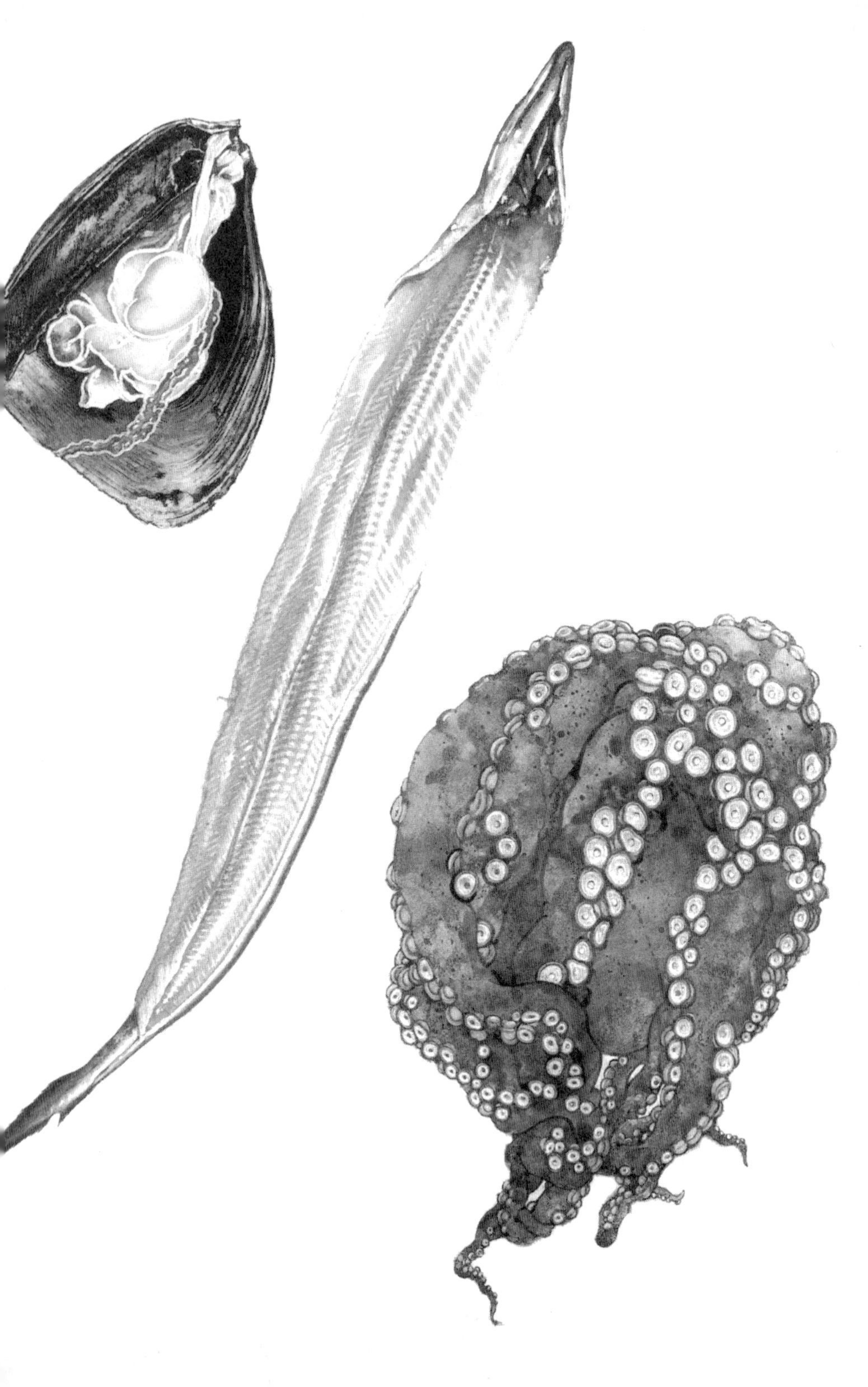

刻彈起「流浪之民」的旋律。我盯著樂譜看，忽然發現房間的一角有異狀。天啊，那邊竟然躺著一位老爺爺！嚇到發不出聲、張著大嘴的我，聲音就好像被卡住一樣完全唱不聲來。

「這樣，不會吵到他嗎？」

對於我的顧慮，她若無其事的回答：

「沒關係，沒關係。」

雖然我孌猶豫的，但還是聽了她的話開始練唱。之後她還請我吃壽司。這天的練習成果可說讓人相當滿意，不過，我記得那位老爺爺似乎在我們練習途中就離開房間了。

伴隨著這個奇妙記憶的松原通，地域非常廣大，街上各式各樣的商家櫛比鱗次，是個很適合閒逛的地方。這種大街對於周邊居民的生活來說，非常便利。或許還有許多有趣且充滿京都風味的商店街是我所不知道的呢。京都是個街道縱橫、充滿生活趣味的大城鎮，而支持當地居民日常生活的諸多大街，現在還在那兒為大家服務呢。

## 充滿活力的東寺弘法市集

京都在每月固定的日子會舉辦市集或廟會。現在這類活動減少了許多，有很多仍留

錦市場的魚蝦貝類。這裡是瀨户內海、若狭等近海地區的魚類集散地。

壱番豚肉天焼
弐番烏賊天焼
参番牛肉天焼
四番海老天焼
自転車を除く
自転車を除く

位於大宮松原通的大阪燒店「竹」。模仿南座商家「招」的招牌顯得非常大膽而與眾不同。（下京區松原通大宮往東）

著舊名稱的市集，其攤販已轉型成固定擺設的形式，例如熊野神社的夜市。還住在南禪寺時，父母親常帶我們到那兒逛。像是象徵廟會的霓虹燈閃爍著奇特的紅色光芒，而並排成行的店家，賣的商品對少女而言無不充滿魅力。我最喜歡的店家是賣戒指的小攤子。升上小學後，手不太靈巧的我開始熱衷於串珠首飾。雖然也有人用南京玉（一種又圓又大的珠子）來做，但是用串珠做出來的成品會漂亮許多。在細針上穿過絲線，串進一顆顆珠子，這是最基本的做法；若技巧較為純熟，可以用兩根針做出兩列或四列、寬度較大的美麗戒指。或者可以仔細考慮配色後，用串珠先做出一朵小花，再做成戒指。我曾經做過一只四列寬的銀色戒指，不過，直到長大成人了都還沒有完成。把做到一半的戒指試著套在手指上，心想著真是漂亮啊，那種少女時代的心情真是令人懷念。雖然現在我沒有串珠戒指，但其他戒指多少也有幾只，或許天生就喜歡這種飾品吧，我對於戒指攤販特別感興趣。這些店家賣的當然不會是小孩子做的那種用絲線串成的戒指，而是由細鐵絲做成，並經過精心設計。價錢大概是五分錢一個吧，只要買一個給我，我就會高興的不得了。

有時候我們也會享用冰鎮過的糖水，吃吃逛逛後結束當晚的行程。這些全家人一同逛夜市的回憶特別令人懷念。

現在那裡的攤販數量已不若從前，但是從中午開始，陸陸續續也會出現至少十家以上的攤販。幾乎已經沒有人知道過去的繁榮景象，但鎮民經過攤販前仍會駐足觀望。

據說以前在三條京阪的暖王也曾有過早市，那時的熱鬧景象是現在怎麼也想像不到的。民間工藝運動的創始人柳宗悅先生，就是在暖王市集領悟到民間工藝的理念，因而醞釀出民間工藝運動。陶器、木工製品、編織品……雖然一般人對於這些東西看不上眼，但是在柳宗悅先生眼中，這些都是充滿藝術光輝的民間工藝佳作。這些無人欣賞、不被珍惜著使用的物品，不僅相當堅固耐久，簡單的設計、活力奔放的做工技術都讓柳宗悅讚嘆不已。

尤其，在他來到東寺的「弘法市集」[18]時，對於民間工藝更是讚不絕口。戰前昭和時期所舉行的「弘法市集」，盛況空前，就如同寶山內的珍寶全部傾倒而出一樣。如今「弘法市集」和過去相較當然改變了許多，但仍可在這兒挖掘出很多好東西；不難想像「弘法市集」早期繁盛的光景。收藏在東京駒場民間工藝館的眾多作品中，有幾件是柳宗悅在京都的弘法市集裡找到的，其中包括鎮館之寶。

父親畢業自東寺中學，再加上他曾在那裡教過書，我們自然也常逛「弘法市集」。父親似乎在年少時就常去那兒閒逛。我家的盆栽有一些就是來自東寺的市集，這又有許多的趣事可說，像是殺價殺到老闆差點翻臉等逸事。

我最近也常去那裡。有時天才剛亮，天色還有點灰濛濛就出門了，因為有一位很喜

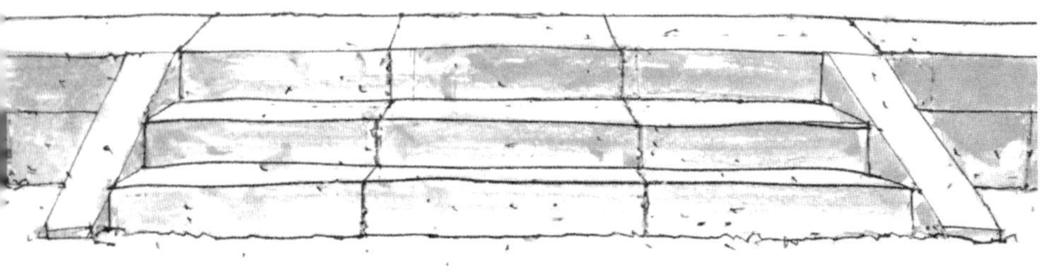

歡逛東寺市集的朋友告訴我，某些骨董家具如果不在剛到貨時就去看的話，是搶不到好貨的。我照著他說的時間前往一看，真的被那人山人海的景象所嚇到，深深感受到喜歡這種市集的人還真多啊。

家裡已經堆滿了物品。深知我喜歡購物的父親不禁擔心道：

「別再買了啊。」

邊叮嚀邊目送我出門。

「知道，知道。」

我應了幾句後便走出家門。雖然我很清楚即使買到喜歡的物品，家裡也沒地方可放，但最後還是買了三、四件古董回家。我在念女校的時候，因為染上白喉住進京大醫院，河井寬次郎在探病時送了一個辰砂花瓶給我，那花瓶一直被擺放在飯廳的電視櫃上。全家人一致認為花瓶的大小、淺紅色調都和飯廳用餐時的熱鬧氣氛很協調，所以就一直擺在那兒。母親非常喜歡這個精緻可愛的裝飾品，在她去世後，我們於是把這個花瓶放在供奉母親照片的佛龕中。

我家的電視後來換成較大的尺寸，電視櫃的剩餘空間只剩下一點點。由於太大的花瓶放不下，所以我到東寺找了一個大小剛好，而樣式也頗為中意的花瓶。這個作品為伊萬里風格，雖非完美無瑕，但還禁得起我家最嚴格的批評家嚴厲的鑑定，於是它便留了

東寺的講堂。無論從何處看都宏偉壯麗的寺院。

下來。這是一個小花瓶，插上一朵中等大小的菊花最適合了，是我們家重要的擺飾品。

我在來自丹波園部町的舊家具店裡找到一個小型衣櫃，它的造型很可愛，和外面所賣的風格不太一樣。另外，我還跟來自關東地區的業者買了個木雕的不倒翁，父親知道後，有點生氣的要我有所節制，別再亂買東西了。

總之，如果想逛街購物，在東寺廣大的寺域中，接連並排的各種攤販絕對是個好去處。我也會去那裡買一些日用品，例如山椒粉或用來製作撢子的軟綿布等。

到東寺一探，到處擺設的店家絕對會讓你大吃一驚。天還未亮就已經有客人到這裡尋找好貨，隨著天色漸明，往來的客人漸漸增加，到了中午，寺內已是一片人海。雖然如此，舉辦多年的東寺「弘法市集」卻從未發生事故，真可謂亂中有序。各商家的載貨卡車遵守秩序並排停在固定的場所，攤位則是根據商品類別，依序架設在分配好的區域內。商品種類相近的店家全都並排在一起，這對購物的客人來說非常便利。

到哪裡逛好呢？有些人一開始就跑到骨董店去，也有看來像是農夫的人對於在百貨公司買不到的厚實襯衣很感興趣，或許是適合拿來當工作服的緣故吧。每月二十一日才突然現身的神奇王國，就像是魔法師將魔杖一揮所變出來的魔法，無論多小的空地都擺滿了攤販，而購物者的走道空間也設計得很通暢。可以聽到各個小攤的招呼聲，各式美食香味撲鼻，像是關東煮、鯛魚燒、烤魷魚……。

在東寺講堂外的迴廊休息一下，在此可以充分的休息。

這裡什麼都有，真是有趣啊。熱鬧喧囂的東寺「弘法市集」是每月21日突然現身的奇妙王國。就好像魔法師揮揮魔杖，用神奇魔術把所有攤販全都變出來一樣。

在這令人嘆為觀止、亂中有序的市集內部，和尚們應該還是有規律的工作著吧；只要想到那個畫面就覺得很弔詭了。經過一夜之後，所有的熱鬧喧嘩不知道都跑去那兒了，眾多攤販也消失蹤影，彷彿是一場幻夢。就如同無常的世事。

我參加東寺「弘法市集」的資歷算淺，父執輩的人都說以往的「弘法市集」規模要大上許多，比起從前現在比較簡陋。據說過去珍品數量豐富，質與量兼備。光就這點來看，現今的狀況確實是遜色了些。

距今四年前，大概是二月底的時候，我就讀女校時所寫的日記，其中有部分精采故事被集結成書，在這同時，以這本書為基礎拍成的影片也在NHK分成四集播放。那是一個敘述人生百態的影集。第四集播映當天正好是三月二十日。為了躲避影集結束後、來自各方親友的詢問電話，我急急忙忙的出了家門。那時夜已深沉，大概是晚上十點半左右。

雖然聽起來有些瘋狂，但我為了參加隔天一早舉行的「弘法市集」，決定投宿在東寺附近的飯店。好幾次我想要參加「末弘法」（十二月二十一日）和「初弘法」（一月二十一日），但都因運氣不佳，不是剛好感冒就是有事在身，結果無法成行。據說三月舉辦的「弘法市集」又稱作「御影供弘法」，當天也會特別熱鬧。這一次我是認真的，無論如何都一定要參加。

在天色尚昏暗的早晨，我的大學同學，一位非常愛逛舊家具的友人在大廳等我，約我一起同行。當時熱衷的程度就好像回到學生時代一樣，我當然欣然答應了。

八條通上已經有很多行人來往穿梭。進入東寺寺域，裡面早已擺了許多攤子，海產店、藍染[19]洋裝店、舊家具店。真想到所有攤位逛逛。我朋友是購物的箇中高手，他通常都先觀察卸貨的商家，之後再出聲購買看中的物品。

沉浸在悠閒的散步樂趣中，大概有兩個小時吧。我買了一個可以背在身上的手提包，這個手提包由三個類似小型行李箱的箱籠疊在一起，上面帶著圖案，這款皮包大概有三、四家店同時販賣。

天色已經大亮。太陽升起照耀大地，來逛街的人潮越來越多。好在天氣晴朗，我的心情也非常愉悅。脫離了現實的喧囂，人群的活力又再度讓血肉之軀的我們，確實感受到身為人類的存在感。朋友抱了幾件用報紙包好的陶器，然後我又在中央位置的攤位上發現了有趣的東西，那似乎是佛教團體的婦女會所使用、愛國婦人會[20]的披肩帶子。是件有著菊花圖樣的有趣珍品。我想到這條帶子可以作為某項私人工作的間接資料，而決定買下它，但是一問價錢還真不便宜，四千日圓。哇，好貴啊！可以算兩千嗎？這是我有生以來第一次嘗試殺價。結果老闆拒絕了，我也曾想過就用四千元買下來吧，但是最後還是作罷。約過了四年之後，至今想想仍有點後悔，如果當初買下來就好了。這樣的小插曲對我來說，都是參加弘法市集的有趣故事。

大概在兩年前，我又到市集買了好幾尺軟綿布。我對看店的老闆娘說出我需要的長度。

「很貴喔。」

她對我說道。

「沒關係。我有用處的，就買這些吧。」

我邊說邊掏出錢包付賬。

「大部分的客人都會跟我殺價，只有妳這麼爽快就付錢，真是豪爽。算我敗給妳啦。」

結果老闆娘幫我打了一點折扣，實在是一次有趣的購物經驗。人與人之間的交易充滿了人情味，這種感動是以機器設備買賣的超市購物所感受不到的。

和超市截然不同的購物商圈，例如東寺的「弘法市集」，現在在京都仍可見芳蹤。許多在「弘法市集」擺攤的店家也會跟著參加二十五日舉行的北野「天神市集」。與同樣的攤販再度相遇，又是另一種情趣所在。

## 京都的街巷百態

從巴士車窗望出去，常常可以有「啊！這裡好像蠻值得逛逛……」的驚喜發現，對我而言，這也是一種幸福。

除了北野區以商品種類繁多、價廉物美而聞名的下之森一帶，我更喜歡位於東山區泉涌寺附近的商店街。在氣氛莊嚴肅穆的名剎——泉涌寺周圍，竟坐落著許多朝氣蓬勃、活力十足的商店，真是一種奇妙的組合。

此外，一九八七年秋天在京都舉辦的世界歷史都市會議中，讓外國賓客讚賞不已的清水產寧坂，以及其他大大小小的商店街，雖說是以吸引觀光客為主，但這些地方也的確各具特色。

然而，最具京都獨特的高雅氣息、堪稱「商店街之王」的，當然非寺町商店街莫屬了。至於對它情有獨鍾的理由，且聽我娓娓道來。

京都有許多販賣專門商品的街道，諸如家具街、燒烤店街之類的。在眾多的街道中，我們家最常造訪的，就屬二條通的藥店街了。其中位於二條通與烏丸通交接處的和漢方藥店「千坂屋」，更與我們家有著深厚的淵源。

父親的嗜好是收集各種藥品，中藥、西藥、日本藥一應俱全。打開書房牆壁上的大書櫃一隅，左右對開式的櫃門，裡面塞著滿滿的藥，治頭痛的、治跌打損傷的、治肚子痛的、治感冒的，只要是市面上買得到的藥，這裡幾乎都會有。

現在父親的身體毛病不少，只是藥的來源變成醫院罷了。儘管原來的書櫃藥局已經「藥」滿為患，家裡的空罐及竹籃裡也塞滿了藥，熱愛中藥的父親仍完全沒有節制。

日本的漢方藥與中藥的確具有西藥沒有的療效。記得以前母親得了嚴重的蕁麻疹，看遍醫生，試過各種療法都不見起色，折騰了好幾個月，結果竟然靠著藥草茶根治了病源，後來，我們也就接受了這些東西有時候的確有效的事實。

受父親之託，現在頻繁進出「千坂藥舖」的人變成了我。而千坂家現在也改由第二代接手經營，在店裡勤快招呼客人的變成了老闆的兒子。我其實很喜歡去這家店。因為那裡有許多不可思議的藥材、縈繞滿室的藥材馨香，和滿是小抽屜的可愛櫃子，是個清新而充滿東洋魅力的小小宇宙。於是，我也買了「八味丸」[21]跟泡澡用的藥草回家。

另外，我也曾走訪那充滿南座劇場回憶的繩手通。這裡賣的琴弦，拿來吊掛掃帚或雞毛撢子，十分實用，不但很容易就能穿進洞裡，而且比什麼都堅韌，等它斷裂應該是用了很久的事了。因為父親不小心把之前買的弦給弄丟了，才使我有造訪這間店的機緣。那是間坐落在光鮮亮麗的街道、仍象徵著祇園昔日繁華的三味線琴弦店。想到像我這種怎麼看都不像是會來店裡光顧的人，要是被店家當成是來做歷史考察的話，大概要

清水產寧坂是充滿京都風味、獨特又可愛的街道，許多觀光客都會來這裡。

西陣織

羞到挖個地洞鑽進去了；不過，我還是鼓起勇氣走進店裡，說道：「不好意思，我想找吊掃帚用的線。」

幸好店裡的人不以為意，還跟我聊了幾句。心情一好，便想乾脆一口氣把這輩子會用到的量一次買齊算了，就這樣買了一大堆回家。這也是一種不自覺的奢侈吧。

我們家的購物春秋，就這樣在京都的街巷中一點一滴寫成。或許這不過是有些微特色的購物生活，我卻深深沉浸在這種靜謐而溫暖的幸福之中。

譯注

1今川燒：將麵粉糊倒入模型中，填入內餡後燒烤而成的橢圓形點心。類似台灣的車輪餅。

2塊莖山藥：又名捏芋、大和芋，直徑約十公分左右，為日本關西常見的山藥品種。其黏性強、味道濃厚，相當適合製做山藥泥。

3黃瀨戶：日本陶器，它的特色是在淡黃褐色的釉料上，以線畫刻出纖細的花草紋路，並用一種叫「膽礬」的酸化銅，做出綠色點狀的印花。

4金時紅蘿蔔：色澤艷麗鮮紅、形狀細長的日本蘿蔔，產季為11月至翌年4月上旬。質硬味甘，少腥臭味，是京都

烏丸二條的漢藥店「千坂藥舖」。各種不可思議的藥材，使得店內充滿藥草的清香。

料理不可或缺的食材之一。

5樽源：京都著名的製桶店。所有產品皆由樹齡兩百年以上的杉木，單人手工製造而成，現多被用於花器、餐具及壽司的盛裝器皿。

6京菓子：即京都製作的和菓子。特別注重季節的轉換，並配合京都祭典製作不同口味的和菓子。

7祇園稚兒餅：麻糬皮內包入白味噌餡製成的京菓子。過去是為了參加京都祇園祭的小孩所特別製作的點心。

8米糠醃菜：在拌鹽的米糠中埋入蘿蔔、小黃瓜等蔬菜，長時間密封發酵而成的醃漬菜。

9醃酸莖：酸莖菜為大頭菜的一種，是京都特產的蔬菜；農家於每年十一月採收酸莖菜，加鹽醃漬發酵，製成帶有酸味及獨特香氣的醃酸莖。

10奈良醬菜：用酒糟醃漬白瓜、黃瓜等食材的醃漬品。因出自日本奈良而得名。

11螺鈿：在漆器、木器等器皿上，嵌入蚌殼並磨平的裝飾技法。螺鈿在中國唐代發展成熟後，於八世紀時傳至日本。

12嘉永年間：西元一八四八～一八五四，日本孝明天皇的年號。

13生菓子：含有許多水分，包有內餡的和菓子，如年糕點心、蒸子、饅頭等。

14薯蕷：外皮加入山藥，增加其細緻與嚼勁，再包入梨餡的和菓子，通常作為紅白二色，適合初春時節食用。

15饅頭：以小麥粉、糯米粉、蕎麥粉等混合揉製的外皮包入內餡後，經過蒸烤製成的和菓子，十四世紀時從中國傳入日本。

16番茶：葉片粗大的日本煎茶。摘取硬化的茶葉製造而成，味道清香爽口，較不苦澀，在過去是品質比較低劣的粗茶。

17乾菓子：所含的水分較少，主要搭配清茶食用。如金平糖、仙貝等皆屬此類。

18弘法市集：以京都東寺的始祖弘法大師為名，在其忌日（陰曆每月二十一日）固定舉行的市集。當天會出現約一千兩百家以上的攤販在東寺周邊擺攤。

19藍染：早期平民用植物染成的深藍色布料，染出來的布色澤厚重樸實，除了日本，中國和台灣早期也都廣泛的使用這項技術。

20愛國婦人會：奧村五百子於西元一九〇一年創設，由上流階層的夫人所組成之婦女團體，以慰問傷兵、援助遺族家屬為主要活動內容，一九四二年被統整為大日本婦人會。

21八味丸：一種漢方中藥。由熟地黃、山茱萸、山藥、澤瀉、茯苓、牡丹皮、桂枝、砲附子組成，溫養下焦，補益腎陽。可治療虛弱無力、手腳冰冷、排尿異常、腎虛等症狀。

# 4 我家的精神生活

# 眞切而實在的京都街閭

最近迷上了在京都街道漫步的感覺。從以前就很喜歡信步閒逛，不過隨著年齡的增長，愈加能感受散步的樂趣。

前一陣子因藉著辦事之便，到東京青山附近閒逛了一下，只見一整排高級建築物面對大馬路。各個店家陳列著繽紛流行的商品，極盡巧思的新穎裝潢爭奇鬥妍，大膽裝飾搭配傳統的插花作品，完美融合了復古趣味與前衛藝術，讓人深感佩服。

然而，走進規劃中的地區，卻不免感到震驚。拆除掉住家後的空地、破屋中空無一人；插著大樓預定地立牌的廣場更是雜草叢生。這樣荒涼的情景如果就是東京盛行的「土地重劃建屋計畫」背後的真面目，也實在太令人心寒了。

京都似乎也面臨市街重劃的危機，為此，許多住民群起抗爭。我也開始覺得這件事關乎自己。畢竟是我所生長的京都正面臨著這個迫切的危機，當然不可能假裝。

另外，也有人反對在舉行祇園祭的鉾町上建築新大樓。或許是希望保留京都蘊意深遠的市街風貌吧，我邊走邊這麼想著。不過，對於長久定居京都的我而言，對京都今日市街的千變萬化再度感到驚艷。

三條通上的旅店「大文字屋」。深幽靜謐的小徑可是京都特有的風格。

（前頁）京都市街中偶然可見屋脊兩端造型特殊的鬼瓦。

大文字家

木屋町通與三條通交接處的武市瑞山寓居遺跡。外門到內門的通道堪稱一絕，由此彷彿可以一窺維新志士們所開創的世界。

木屋町通四條通路口人家的竹籬笆通道，這也是一項經典之作。有著極致的寧靜與纖細之美。（下京區木屋町佛光寺上行途中）

舊市區裡究竟有多少條大街小巷呢？如果能夠全部踏遍該是多麼有趣啊？

京都有很多小街巷。例如葭屋町、櫛笥町通……等等，這些光聽名字就讓人懷思古之情的小街道，至今仍保留著中世紀日本的小巷風貌，看到大都市裡竟還有如此小巷，令人無比訝異。不論是簡潔明快的風格、或古色古香的各式房屋，都有著京都獨特的韻味：生子壁[1]、低矮的二樓、以及細目的窗稜。這種窗格設計很適合從屋內往外看，但從外面卻看不見屋裡了。

在地方首長選舉如火如荼展開的年代，從其他地區遠道而來的助選員口耳相傳：「京都是個很難搞運動的地方。這裡的人彷彿會從細小窗格的另一面，豎起耳朵偷聽我們的計畫，這種情形在東京或其他地方是很少見的。」的確，從宛如鰻魚窩的狹窄居所，仔細觀察外面的世界，這也是京都人的一種生存方式。京都人家的外在或內在，都不免給人如此的感覺。

走在大街上，總會有各式各樣的東西映入眼簾：騎在屋頂上的驅魔鍾馗、華美的掛簾、分隔兩家的矮樹叢或花卉。還有許多的石地藏像。

建築物也很吸引人。京都有不少老舊的洋樓，有些由漂亮的紅磚砌成，也有不少如教堂般充滿令人懷念的氣氛。位於烏丸下立賣路口的平安女學院校舍，也是一棟氣質安詳、沉穩的老建築。環顧其他圍繞四周、同樣沉靜的古老房舍，有如古代繪卷上的景

綾小路通的橫街，左邊是杉本家。京都的街道飄著皚皚白雪，幽長的小徑彷彿能通往內心深處。（下京區綾小路通新町往西的矢田町）

古都京都有不少豪華的洋樓。這間位於東山、五條通路口，
日本最早的菸草工廠，現爲一家洋裁店。

位於三條通上，建於明治23年的仕女用品店，充滿高級名店的雅趣。（中京區三條通、富小路路口往東）

位於三條通上，建於明治35年的中京區郵局，可說是「洋樓」這個名詞最具體的寫照。（中京區三條、東洞院通路口往東）

位於日本生命三條大樓的「Gallery INODA」。
繁華京都的象徵眞實的存在於京都市街中。
(中京區柳馬場通往三條通方向中之町)

同志社大學校園中的克拉克紀念館，也是我最早的工作地點。新舊建築物互相輝映著。

大長屋不知是否正守護著在廣大墓園中長眠的死者！
智積院北側的墓園寬廣緜延，無盡延伸……

致，讓人覺得時間彷彿在這裡慢下了腳步。這附近的東側，一整面都是京都御所的範圍，從蛤御門起的幾個門往東望去，可以發現御所內是多麼的寬廣。而從門內望見的東山，就像一幅被框住的巨大畫作。

不管走到東西南北哪一條路，都能發現許多極致美好的地方。一種非關繁華，也不屬於熱鬧的、安定而紮實的存在感。

京都引人入勝之處，不單僅有豪華的建築，普通人家之間不起眼的過道，也別有一番風情。過道的建築結構十分奇妙，上接房屋的二樓，內部狹窄而幽長，得走上一段距離才能到達盡頭，其間更密密麻麻的掛著各家的門牌。記得有一回造訪位於這種巷弄深處的某團體辦事處，真的是非常有趣。沒想到在如此幽靜的地方竟然存在著這麼巨大的建築物，寬廣的空間甚至能容納三、四十人在此聚會，不禁令我大呼有趣，而忍不住的東摸摸、西瞧瞧。

就我問到的資訊，京都地區的平均房租並不是太貴。京都有許多大正時代遺留下來的老舊長屋出租，據說它相當便宜，許多研究人員來到京都就借住於此。這種舊長屋頗受好評。

常聽專門的建築從業人員說，京都這兒有許多相當有意思的長屋[2]。舉例來說，往智積院的墓園走去（由於蜷川虎三老師的墓就位於此地，因此我時常來此憑弔），由墓園北邊而起的整排長屋，一眼望去無邊無際。隨著東高西低的地勢，綿延不絕的長屋就像河流往西而去。

幾經戰火洗禮，在戰後重新開始，一步一腳印向前邁進的京都人，不在乎外界權力鬥爭，誰掌握實權也無所謂，他們踏實的經營生活。不分職業、不論生存方式，京都人總讓人感到一股敦厚的氣息。

行至日本各地，造訪了不少人稱小京都的地方，發現各地都有不同的美景。然而，這些地方的景致雖讓人覺得短暫如夢，卻還是有夢醒時分，唯有京都卻似一場無盡的夢，無限的延伸，卻又隨時給人驚喜。

## 令人心醉神馳的寺町通

到了近代，南禪寺以南的街區已然成為賓館集中的紅燈區。儘管如此，或許將來有一天，它又會轉變成一個能夠滋潤荒蕪人心的地方。

在繁華的大街，有幾間店最能讓我放鬆心情，也是我打從心底喜歡流連的地方。在京都多不勝數的商店街中，寺町通尤其深得我心。雖然現在的寺町通與我記憶中的模樣不太一樣，泰半都汰舊換新了，但是整體上仍保留著原有的獨特氣息。寺町通之所以如此別具韻味，大概是源自於它的包羅萬象。與四條通交界以南的一段，夾雜著許多寺廟和人氣電器專賣店的奇妙組合；以北一帶則有許多賣布料、包包、食物的店家。經過佛具店、茶葉店、陶器店等雜沓的商家，來到三條通附近，隱約可以嗅到一種高尚的氣息。原因之一是這附近可看見許多舊書店，還有許多老字號的文具店（當我還在念小學時，就是在「文適堂」買書包的，還順著當時的流行語法，寫了篇叫「我是書包」的文章）。此外，這裡也有不少不錯的點心店，連賣烤地瓜的店家都是老字號。從蜂蜜蛋糕店「桂月堂」再往前走，還有二條通上的「開新堂」。這間「開新堂」除了橘子果凍的美味堪稱天下一絕之外，更重要的一點，就是店員的服務態度十分親切；店內的鋪陳擺設也都保持著二次大戰前的模樣，讓人感到十分舒適。

「鳩居堂」是我常造訪的一間店。以往書道盛行的時期，店裡總是聚集相當多的客人，好不熱鬧。除了各種高級的筆墨紙類，還有許多讓人百看不厭的有趣商品。就連「投扇興」[3]這種日本從前流行的玩意兒，也可以在這裡找到現代復刻版。而提到「鳩居堂」，就讓我想起「蛇頂石」這種不可思議的東西。每次走到南禪寺或向日市，總會被蜈蚣所困擾。南禪寺周圍樹蔭多，曬不到太陽，而向日市附近又都是空地，積了一層雜草與落葉；不知道是不是因為這樣，一到夏天，這兩個地方就成了蜈蚣出沒頻繁的「地雷區」。大約四年前，為了消滅白蟻徹底進行一次大撲殺之後，蜈蚣的數量才大大減少。不

寺町通上的竹苞樓店內光景。從跟富士谷御杖、木村蒹葭堂、賴春水等作家頗有交情的第一代老闆算起，現任老闆佐佐木惣四郎已是第七代了。

竹苞書樓

歷經七代店長的古書店，有著獨特的沉穩氣息。店裡就像倉庫一般，到處堆放的印書模板多到幾乎要滿出來。（中京區寺町、御池通路口"下行途中"）

然在那之前，經常可以聽到我驚呼尖叫。有時候晚上睡覺也會被蜈蚣螫那麼一下。後來，我試著寫了一本蜈蚣日記，記錄某月某日大概幾點鐘的時候，發現什麼種類、多大的蜈蚣，用什麼方法殺死它的；甚至還整理成表格。讓人驚訝的是，有時候，一個夏天竟然能發現五十幾隻蜈蚣。

被蜈蚣咬到很麻煩，不過我們家的人卻不擔心。因為我們家有蛇頂石這種東西。這種石頭的內面是平的，將平的那面弄濕後，啪的貼在傷口上，說也奇怪，石頭就像黏住了一般，緊緊附著在皮膚上，即便稍微動一下也不會掉下來，約莫過了兩、三個小時後，石頭便會自動脫落。然後將其置入裝滿水的洗手台，疑似被石頭吸進的毒素變成了氣泡，咕嚕咕嚕的冒出水面。而被咬的傷口雖然還有些紅腫，但火燒般的灼痛感卻已消失無蹤。這種石頭可能是從中國傳來，只有在「鳩居堂」才買得到。我們家裡原本有很多個，卻因裂開損壞而越來越少；現在碩果僅存的一個，邊緣也開始有些磨損。這種石頭對治療各種毒蟲咬傷的確別具神效，比什麼氨水都來的有用。不愧是蛇頂石。

可惜「鳩居堂」現在已經不賣這種東西了，店員也沒有聽說過。不過，我真的希望這樣的好東西能被記載在「鳩居堂史」裡。據說，中國的某本書上記載有跟這種石頭類似的東西；我想，它應該是從前經由中國進口到日本的吧。在這個已經可以登陸月球的時代，被小小蜈蚣咬一下卻還是很困擾的。為什麼以前有的東西現在卻消失了呢？每次想到蛇頂石，就讓我越來越不明白現在的世界究竟是進步了，還是退步了。正因為蛇頂石，使得我們家的人與「鳩居堂」的關係頗深。

從前的寺町通有許多跟書籍有關的店。除了「鳩居堂」附近新舊參雜的書店，還有許多不錯的店家。其中「竹苞樓」更是數十年如一日，沒什麼改變。現在，書店前的長板凳全都堆滿了書，據說以前這裡是供給客人休息的地方。偶爾我也會造訪這裡，看看裡頭有什麼樣的舊書；有時也會買上一兩本。經過這裡時，若是碰巧看到有人走進店裡，總會莫名的鬆一口氣，這種感覺實在蠻奇妙的。

當我問道：「請問，您是第幾代的店主啦？」只見老闆佐佐木惣四郎若無其事的回道：

「第七代了。」

如此算來，「竹苞樓」應該是創業自江戶中期。京都有不少店家都有著這樣的歷史。有一次收到人家送來東京的和菓子，發現包裝內的說明單上印著「創業於昭和十四年」的字樣，心裡不禁悻悻然了起來。當然我並不是覺得不好，只是對於生長在京都的人來說，「創業」這個字眼總讓人聯想到相當久遠的江戶時代。

京都大學國語國文[4]資料叢書中，有一本名叫《竹苞樓來翰集》。過去從事出版業且頗負盛名的佐佐木家，常常收到當時的文人雅士所寄來的信件，大量的信件現在仍塞在頗有年歲的舊書櫃裡。《竹苞樓來翰集》就是從這些信件中，選出值得公諸於世的內容集結而成。翻開一看，映入眼簾的盡是富士谷御仗、木村蒹葭堂、藤谷幹、賴春水這些了不起的名字。對於我這個研究國語國文的人來說，就像看到寶藏一樣，小心翼翼的連大氣都不敢喘一下。

後來我更榮幸受邀參觀書店內部的樣子，因為看了書店的構造，一直很好奇裡頭的住屋到底是什麼模樣。書店內的空間是由兩旁的書櫃及中間櫃檯所組成的ㄇ字型所圍出來的，主座的榻榻米差不多該換新了，卻因為堆滿太多書籍而動彈不得，不禁更讓人想一窺究竟。當然，為了因應現代化的生活，房屋也經過部分改建；但大致上仍保留著舊有的建築形式。就這樣，穿過京都特有的穿庭，我受邀進屋參觀。沒想到屋裡也盡是書，真是個了不得的地方。出了住屋，再往裡走，可以看到倉庫坐落在小小的庭院中。最教人吃驚的，就是倉庫的裡裡外外全都放滿印書用的木刻版。木刻版堆成的小山，彷彿就是當年竹苞樓出版書籍的見證；堆置屋外的木刻版上早已長滿了青苔，形成一幅奇特的景致。而「竹苞樓」現在依舊背負著文化傳承的歷史重擔，繼續經營著古書的買賣。

當然，孩提時代的我是無緣進入竹苞樓買東西的。父親帶我到寺町通散步時，每每只是在一般的舊書店買些童書給我。記得父親只要一進到那暗暗的小店，最後總會有所斬獲。這些舊書不能馬上就翻開來看，要先曬過太陽消消毒（雖然也只是求個心安），才能抱著興奮期待的心情細細品味。就這樣，我的書架慢慢擺滿了父親買給我的古本童書。雖說是童書，畢竟是在舊書店裡買來的，因此少有講談社等所出版的現代讀物，而以歷史名著居多。例如《德列馬克歷險記》、《愛麗絲夢遊仙境》、《秘密花園》、《水國之嬰》、《黑神駒》、《小公子》，以及坪內消遙戲曲全集的一部分。

光是把所有書名列出來，就可以整理出一個頗具規模的書櫃；而我的書櫃也就這樣慢慢充實起來。即使生活在如此踏實、沉穩且安詳的京都，寺町通仍是我們全家心靈生活上的重要寄託；對父親而言或許更是如此吧。父親與不少書店頗有交情，諸如「若林春和堂」等。而其中堪稱最大、最高級的名店，則非「丸善」莫屬。

現在的「丸善」書店面朝河原町通，從前並不是這樣。昔日的「丸善」坐落於寺町通與三條通一帶的麩屋町，面向三條通的北邊。我們一家人不知因為什麼緣故，三不五時就往那裡跑。印象最深的就是店裡的木頭地板，走在上面總是喀喀作響。細長的店面除了書籍之外，進口雜貨更是種類繁多，令人目不暇給。手提包、披肩等各式精美的商品，讓當時還是孩子的我至今印象深刻。從前和現在不同，進口的外國貨十分稀有；當時的「丸善」想必是最具規模的進口商吧。

當然，那些高級的舶來品可不是我們這種小康人家買得起的，所以平常只有看看的份。不過「丸善」每年總有一次物美價廉的特價拍賣會，這時候我們會全家出動，趁便宜撿幾樣高級品回家。對書籍頗有研究的父親，在買書方面可說是「丸善」的老主顧，對於那些高級的舶來品則是心有餘而力不足，只有在特賣會才會買一些。「特賣會」這個名詞在現代是非常普遍，在當時卻是「丸善」專有的高級說法；只要是跟「特賣會」這個字眼有關的事物，總是伴隨著一股難以言喻的貴族氣息。

後來二次大戰如火如荼展開，舉辦特賣會根本就不可能。不過在那之前，「丸善」的特賣會常受到那些有錢人家的光顧。至於我，則對那時在「丸善」特賣會上買到的毛線衣印象深刻。那是一件夏天穿的短袖毛線衣，白色V領的設計給人清爽的感覺，粗針織法搭配上袖口、領口及下擺邊緣紅色與深藍色絹絲裝飾，是相當適合初夏時節的時髦服裝。那時候我還在向日市的一間小學念書，依稀記得穿著這件毛衣去學校時，還被老師數落了一番。也就是說，那種昂貴高級的穿著在當時是不被大家接受的。

前面提到過，母親有一位十分擅長洋裁的學生會做衣服給我，但也不好意思總是麻煩人家。加上那時我正值發育期，才小學五、六年級，身形已經是大人模樣了。母親對於該給我穿些什麼十分困擾，適合我年齡的衣服太小穿不下，大人的衣服夠大卻又顯得老氣。這對於不善裁縫的母親而言，那個時候，我的穿著實在是個令人頭痛的問題——相反的，「丸善」的特價拍賣會可就幫了她一個大忙。那件夏季毛線衫的樣式中庸，小孩子穿起來不會奇怪；略為寬鬆的尺寸讓我長得多快也穿得下，真是一件物超所值的衣服。因此，在學校如果又被數落時，我就會露出困擾的表情，說這件衣服其實是大減價時買的，比起鄰座大小姐身上樸素的深藍色長袖，或是領口有蕾絲邊裝飾的上衣可是便宜多了。畢竟這件毛線衣是我的寶貝，穿著它的時候多少有些炫耀的心態——除了質料高級之外，出自「丸善」的商品更讓它顯得高貴——這點我很清楚。那件毛線衣彷彿是一個入口，引領我走進一個深邃的世界。

寺町通如今仍安然健在，儘管寺町丸太町一帶的店家幾乎都關門了，卻仍殘留著昔日的氣息。梶井基次郎的作品《檸檬》，據說就是以這附近的一家水果店為故事背景寫成的。此外，這裡還有諸如「箕中堂」、「芸艸堂」等獨具一格的和漢書店兼出版社；以及「南江堂」這種專賣醫學書籍的店。無論是點心屋或是茶具店，都有著敦厚高雅的氣質，與東邊一路之隔（其間有兩條左右較細的道路），河原町通上的熱鬧繁華大異其趣。與其說是落寞倒不如說是一種落落大方的寧靜。不論是販賣茶葉的「一保堂」，還是批發紙張的「柿本」，無不洋溢著一股令人安心的沉穩氣息。再往北前進，還有一家屬於西國札所[5]之一的「革堂」[6]。

我念過的京都府立第一高女，就在「革堂」的隔壁；那時候三不五時便會經過寺町

新門前通上的住家，排列的方式相當瀟灑。房屋的每個角落都可看出屋主細膩的心思。（東山區新門前通西之町）

通。如今還能走在充滿中學回憶的這條路上，實在令人欣喜。一路走來，卻又有種甜蜜又略帶寂寥傷感的心緒湧上心頭。

## 孕育京都文化的居民生活百態

人永遠無法預測，一生中會與怎樣的人相遇。最近我常莫名的覺得，活到了這把年紀，認識新朋友的機會似乎越來越少了。不過，值得欣慰的是，年紀越大卻也越有機會認識一些有意思的人。

我與廣田長三郎先生的相識，就是基於這樣的機緣。大約多年前，我受邀出席一場演講——雖說是演講，

其實也只是在一場鄉土人偶[7]的同好會上講幾句話。雖然我確實滿喜歡鄉土人偶，但對它的背景卻不太清楚。不過，從人偶研究論與民俗藝術論的角度切入，要準備演講應該也不是難事，況且我也希望能從與會的專家身上獲得一些知識，便硬著頭皮答應了下來。

當時最早蒞臨會場的人就是廣田先生，名片上的頭銜是山科地區某製麻工廠的老闆，實際上則是位風度翩翩的紳士。或許因為較年長且閱歷豐富，給人一種很有教養的感覺。開場前我與廣田先生聊了許多，覺得十分高興。不久輪到我上台演講，儘管心裡明白台下的會員們對我所準備的內

堀川與今出川交會處附近的民宅—中屋。遠望如同複雜線條的組合。

容不會太感興趣，廣田先生還是笑著告訴我，「沒關係，大家都還聽得下去。」那個時候我為了引起話題，而把跟著研究學會去九州宮崎時所買的劣質佐土原人偶[8]帶到會場獻醜。果然，有會員就提起京都市面上所賣的佐土原人偶，都是些貌似的仿冒品；粗製濫造也就算了，有的甚至醜陋到不堪入目。於是我便順水推舟，起了幾個關於人偶的臉形、身形，以及怎樣才算優秀作品的討論話題，把時間交還給各位前輩們。交流時間結束後，還有令人興奮的抽獎活動，由各位收藏家提供自己的收藏作為獎品。我雖然沒有提供東西，卻有幸抽到一個兔子形狀的存錢筒，兔子的耳朵內側是淡淡的紅色，背後則是存放零錢的孔。普通存錢筒存滿後總是難逃被打破的命運，但這個兔子形狀的存錢筒卻精美到讓人絕對捨不得這樣對待它。

所謂的佐土原人偶可能就跟伏見人偶一樣，是全日本諸多以出產地命名的人偶種類之一。至於我之前買的那個不甚精緻的佐土原人偶，就是民間故事裡被人問道：「你比較喜歡父親還是母親？」時，立刻把手中的豆沙包子掰成兩半反問道：「叔叔，那你覺得這兩邊哪邊比較甜？」[9]，反應快到有點讓人吃不消的小男孩。因為做得有些粗糙，加上那個人小鬼大的男孩模樣實在不怎麼討人喜歡，所以一直擱著沒去理它。反觀會場上那些難得一見的佐土原人偶，就格外顯得可愛而不失質樸本色，不愧是真正的陶土人偶。

廣田長三郎先生的收藏品。超過一萬件的鄉土藝品中，個個富有難以形容的獨特美感，更蘊藏了無限驚喜。（中京區新町通往三條通上行途中）

在那次聚會之後，我再度登門造訪廣田先生。廣田先生的家位於中京區的中心，從新町、三條通交會處往北走，左邊的宅子就是了。相較於我之前拜訪過的各式豪宅，這裡又別具風格。當時我和廣田先生及他溫柔可愛的夫人聊了許多，是一次頗為難忘的經驗。

頭家、鄉紳這兩個名詞，從日本江戶時代起就被用來稱呼那些地方上有頭有臉的人物，而廣田先生給人的感覺，活脫像是活躍在那個年代的人。平常是總攬公司大權的嚴肅老闆，私底下卻是個非常注重興趣與消遣的享樂家。老實說，我不是挺喜歡「消遣」這個字眼，因為它往往讓人莫名的聯想到那些有錢人恣意妄為的嘴臉，還有那種不知人間疾苦的無所謂態度。也正因為這樣，碰到「您平常都做什麼消遣啊？」這種問題時，我通常不太想回答。

可惜的是，人類這種動物除了努力於換取衣食溫飽外，還會被其他各種事物所吸引，有很多人就會在那些有趣的、美好的、令人愉悅的事物上，注入滿腔的熱情與心血。廣田先生也不例外。基於對鄉土藝品及舊磚瓦的熱愛與不斷鑽研，現在的他已堪稱箇中專家了。房間裡擺著各種鄉土藝品，都是上好的貨色，跟那種氾濫在日本各個觀光地區、粗製濫造的商品，絕不能相提並論。廣田先生的收藏品將近一萬件，每一件都有獨特、可愛與令人驚喜的設計。這個放滿藝品的房間，實在是個令人雀躍的神奇王國，讓我非常的感動。

另外有一次，受邀前往廣田先生參加的扶輪社做簡短訪談時，我十分幸運的獲贈一個「人形硯」——那是京都愛宕一帶的傳統藝品，過去被當成當地紀念品販賣。收到這樣的禮物，真是高興得不得了。愛宕地區原本以出產磨刀石聞名，而這種石頭也頗適合拿來製硯。「人形硯」十分精緻小巧，不似一般硯台的沉重；墨池的周圍則雕刻了各種人物。廣田先生送我的，就是做成天神[10]形狀的人形硯。

其實我手邊也有幾個不錯的硯台，有雖稱不上頂級貨色，但也相當不錯的端硯；以及日本土佐地方出產的硯台。據送我硯台的朋友說，土佐地方生產的石頭，品質可是日本第一，因此我小心翼翼的珍藏著這個硯台。而在這麼多的硯台中，我最鍾愛的還是那只愛宕的人形硯。

廣田先生不僅是一位收藏家，還是一位博學多聞的研究家。儘管我自己對許多領域都略有涉獵，但在很多方面卻仍得向他請益。例如廣田先生對於舊磚瓦的專業知識，便豐富到足以寫成論文；另外，他也持續研究幾個在該領域中頗值得探討的問題。

此外，廣田家的建築亦讓我為之傾心。一層一層往裡處延伸的格局，最後將我們這些外來的訪客引領至鋪滿榻榻米的起居間。這個專門接待客人的起居間獨立於房屋主體之外，據說廣田家的人稱此為「離島」。廣田家的宅邸是在昭和天皇「御大典（天皇即位典禮）」這個堪稱世紀騷動的慶典時興建的。當年那場即位典禮對京都人來說，實在是一場夢魘。大批人潮一口氣湧進京都，旅館更是一屋難求。幸好京都士紳們的家宅都頗寬敞且多有空屋，於是便各自肩負起接待重要賓客的任務。當然廣田家也不例外，負責接待當時關東軍的司令官。廣田先生說，當時他們就是在這個起居間談論著張作霖的種種。在那個年代，「御大典」並無法振奮人心；整個日本反而是朝著長久以來的不安及黑暗深淵紮實的往前邁進。到處充斥著爭權奪勢、勾心鬥角的流言蜚語。

很幸運的，廣田一家安然度過了如此動盪的歲月。

幾次的訪談中，我也從廣田先生那兒聽到許多或有趣、或落寞的往事。像是在京都重要祭典之一的祇園祭時，竟然忘了要把鉾町的神輿賣到什麼地方；從前的風俗習慣以及設計體貼的商品，都隨著時間漸漸消逝……等等。每次說到這裡，他的臉上便會倏然露出憂心忡忡的神色。廣田先生是個博學多聞的人，而豐富的學識也影響他的人生觀與社會觀。他似乎也因此而有許多卓越的想法，能讓京都的未來變得更美好。例如著手改善嵯峨野逐漸淪為三流觀光區的情形，這個想法我就十分贊同。此外，我們也談到了嵯峨面具[11]的未來。

除此，我還發現了一件有趣的事。當時因正好有事想請問廣田夫人，不巧她卻離席了。結果廣田先生竟然拍了拍手，喚道：

「老太婆啊——」

我聽到這稱呼幾乎為之啞然。沒想到這種只有在時代劇裡才會出現的台詞，竟然活生生的在廣田家出現。不愧是廣田家的人，連生活、相處方式都與我們這種普通人家截然不同。這幢宅邸雖然建於昭和時代初期，卻又沒那麼老舊；若說它是新式的家宅，偏偏它又洋溢著懷舊風格。儘管未經特別保存，這間使用上好木材，紮實穩固的蓋在地基上的家宅依舊穩若泰山。幾處吊掛著的燈籠，展現出極致的豪華氣派；隨處可見的細膩巧思，更流露出高雅的品味。曖曖含光卻一點也不刺眼，這就是廣田家內蘊的氣質所在。在這裡，我有幸一探這個世代的京都人所累積而成的文化內涵。

據說廣田家原本是近江地方人士，不過那已是好幾代以前，在江戶時代的故事了。京都裡住著許多像這樣從各地遷徙而來的人，而這些人也創造了京都文化。

有趣的是，廣田家與河井寬次郎家也有著深厚的交情。廣田家裡所用的茶具與陶器，跟我們家一樣，是寬次郎先生送的；或許是冥冥之中的某種緣分也說不定。接下來，就繼續前往位於五條的河井家舊址一探究竟吧。

## 河井寬次郎宅邸的民間工藝家

我常在想，這個我從小到大就常進出其間，集眾家內涵於一身的宅邸，說不定會在某一天突然消聲匿跡，就此沉沒於歷史的洪流之中，這會是多麼的寂寞啊。或許不會那麼悽慘，只是變得像〈故鄉的殘破家園〉[12]的歌詞所描述那般蕭條。又或者往好的方向發展，這棟宅邸會堅韌的紮根於大地，經過許多人灌注各種能量而慢慢成長。這是多麼令人欣喜的事啊。

幸運的是，位於五條坂的河井寬次郎[13]宅邸現在已改建為紀念館了。對許許多多的人來說，這裡儼然成為他們放鬆心情的重要場所——一個讓他們願意傾注心力經營的「家」。

而我也是造訪此地的常客，一個人前來，或是偕同三五好友一起來訪。每當想到那些已經離開我們的人，或是懷著回憶、至今仍努力不懈的人們，都讓我感慨萬千。

現在五條坂上的河井寬次郎紀念館，還保留著以燒陶起家、擅長製作各種手工藝品，並留下許多至理名言的主人翁生前所居住的模樣。至於那代表著「誠實」，並完全保留日本傳統民宅優點的建築，則是寬次郎先生在他後半段的歲月裡加以改建而成。其實之前那個兼作工作室的家宅，就具有主人強烈的個人風格，並充分流露出一股獨特的氣息。小時候跟著父母第一次前來拜訪時，看到的就是這個時期的河井家。我們壽岳家與河井家的友誼，就是建立在這種家族關係上。父親以前不過是一介窮書生，不但沒有鑑賞工藝品的眼光，對餐具也不太講究。儘管如此，他跟柳宗悅先生一起出版製作的文藝雜誌《布雷克與惠特曼》，也深受柳先生的美學觀影響。父親就像是未經燒製的陶坏，經過窯火高溫煉化之後，得以脫胎換骨。

然而，那些曾圍坐在河井家地爐旁的都是些什麼人呢？答案是，一大群不分國籍、男女、老幼的人。他們在此談論著美好、令人感動的事物，話題從不曾間斷。嚴格說來，這裡就像間高級沙龍，促成了民間交流活動的開花結果。記得以前常去玩的不只有我們家的小孩，有時候，弟弟跟其他小朋友也會被叫去玩玩手拉胚。

聚集在河井家的人常可品嚐到河井夫人親手烹調的料理。即使客人眾多，她還是每天親自下廚款待大家。有機會進廚房忙一回，就能體會身為名人的妻子是多麼辛苦。不過河井夫人看起來依然神采奕奕，從來沒聽到她有所抱怨。她總是用明快爽朗的聲音招呼著大家，沒有絲毫不滿的神色。有不少人是因為爽朗大方的夫人而慕名前來；而其中幾位後來也成了我們家的常客。

除了柳宗悅夫婦之外，還有來自益子的濱田庄司[14]先生，以及跟他熟稔的英國陶藝家伯納德・李奇[15]，擅長染織的芹澤銈介、木雕家黑田辰秋等人。如今回想起來，就像是讀著一本偉大的名人錄。河井家也常有些年輕的美國人前來學習陶藝，因為彼此都認識，所以後來他們也會來我們家拜訪。記得有一次，雙親不在家，又正好碰到完全不懂日文的吉勃遜先生來訪，我真的是當場傻眼；東拼西湊的硬是擠出幾句英文，才勉強應付過去。

從對傳統民俗工藝一無所知，到開始接觸、研究，或許是受到身在民藝世界的雙親影響吧。什麼樣的食物要用什麼樣的器皿裝盛，要擺在什麼樣的餐桌上；日常生活的每一件事物都是極其講究的。雖然不算富有，但因為這些大師們常常送來自己的作品（而且是免費的！），所以我們家的餐桌上仍擺滿許許多多的好東西。特別是河井先生每年都會以作品相贈，擺起來就像他的歷年作品展一樣。後來河井家的人到我們家做客時，都感到十分驚訝。

「唉呀，這裡竟然有我們家老爹那麼早期的作品啊？真令人懷念。我們家都已經找不到了呢。」

在關東大地震之後，柳宗悅先生也偕同夫人前來京都待了一陣子，參與不少活動。對京都人而言，這是件值得高興的事。因為父母親跟柳先生相識的緣故，連我也跟著沾光不少。

「這是柳先生送給我們的。」我們家常會跟來訪客人作這樣的介紹。會客室裡的椅

位於五條坂上的河井寬次郎紀念館，是在京都的文藝史上扮演著重要角色的民間工藝中心。

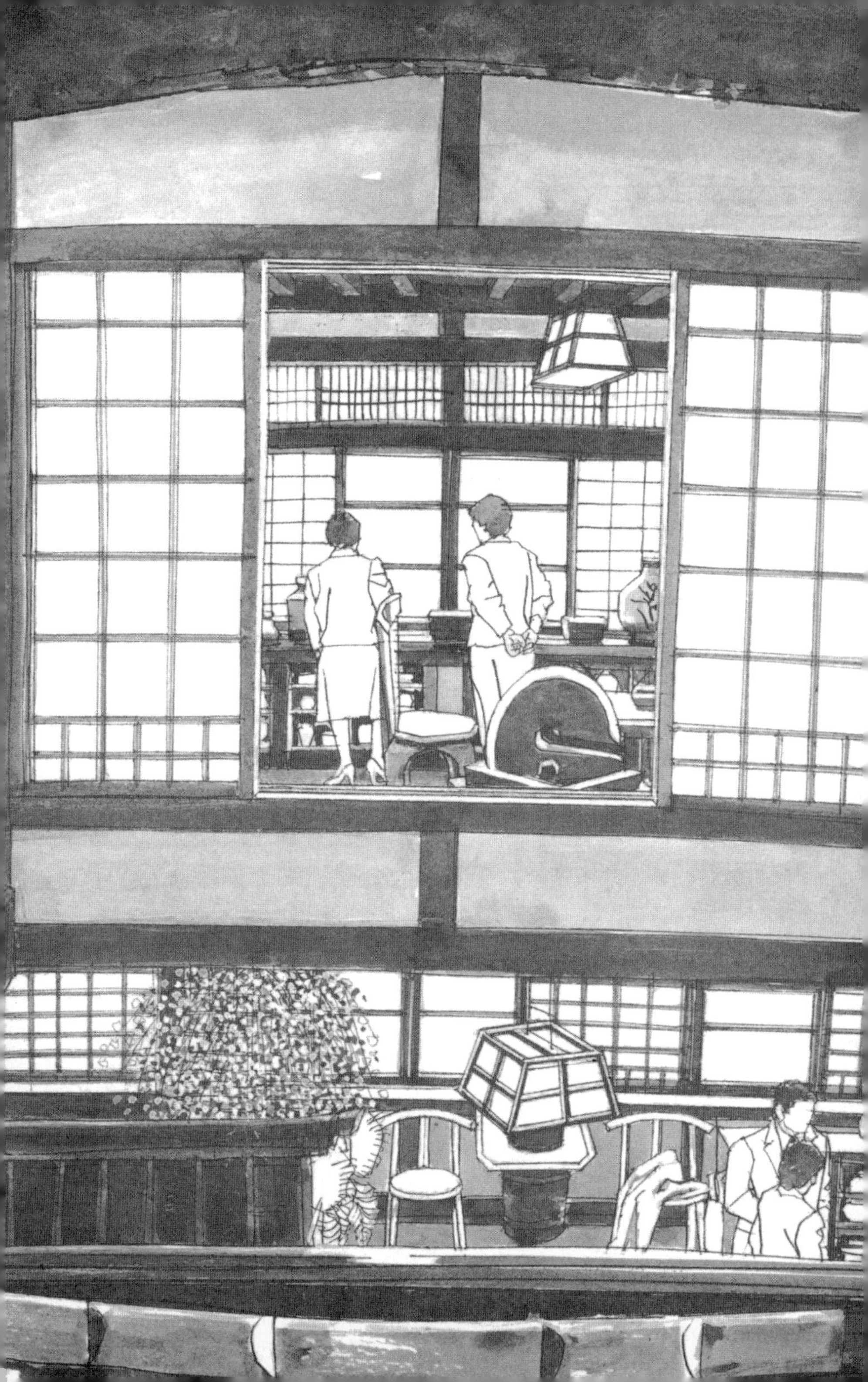

子，是房子新建時柳先生請京都某間家具行按著他的設計所製作，歷經五十幾年的歲月依然堅固如昔。由於是仿英國溫莎式餐桌椅的設計，除了選用櫸木製作之外，接合的地方也特別用心；即使只使用木材當材料，也不見有任何鬆散動搖。母親還特別選用民間工藝風格的布料來縫製坐墊，好跟它搭配。

小時候總是羨慕別人家的沙發坐起來又軟又舒服，坐久了背也不會痛。以前我跟弟弟老是抱怨「我們家的椅子是惡魔椅子！」，現在回想起來，倒覺得這種椅子才更要好好珍惜。每次在大型垃圾丟棄日看到那些設計平庸的三件式沙發組被棄置在路邊，就更覺得家裡的椅子很堅固耐用，讓我這輩子都不用為了買新椅子而煩心。如果有人想要換新家的座椅，我絕對會推薦堅固耐用、一輩子都不需再更換的木製座椅。儘管如此，還是有許多人的心態跟我童年時一樣，喜歡買皮面或布面的沙發。

還有，正月時放在木頭地板的特大信樂[16]花瓶。這個高約五十公分、表面上了綠色彩釉的花瓶，是過年時的擺飾；裡面插著葉牡丹或南天竹。此外，除了幾個吃蕎麥涼麵時盛裝醬油的小杯、仿伊萬里[17]風格的盤子，大部分陶器破的破、壞的壞，已經所剩無幾了。

柳先生對於美好的東西絕不吝於稱讚；反之對於奇形怪狀的擺設，他也經常不管主人是不是在場，劈頭就罵道：「這是什麼擺設啊！」。母親常常笑著告訴我們，柳先生又

河井寬次郎紀念館的土窯，陶冶出巨大而宏偉的民間工藝精神。不分國籍、男女、老幼，都曾在此圍繞在河井先生身邊閒談。他們在此談論著美好的、令人感動的事物，話題從不曾間斷。

京都市街的各個角落裡，存在著五千多尊的地藏王菩薩。獨立於大寺院之外，路旁、鄉里間隨處可見的小小地藏庵，凝聚了居民的信仰，也呈現出京都居民虔誠而真實的一面。

賽錢

得罪哪裡的鄰居了。

眼睛不太方便的大舅岩橋武夫出國旅遊時，帶回來一個門鈴送我們，後來被裝在現在面對向日市的大門旁邊的柱子上。圓形的響鈴取代了原有電鈴，引來眾人議論紛紛。柳先生看到之後卻稱讚道：「這玩意兒真不錯！」父親跟母親聽了，也很高興的告訴孩子們：「柳先生可是讚賞過這個門鈴呢。」這件事我記得相當清楚，也對這些受到柳先生肯定的東西特別珍惜。

幾十年的歲月中，不知有多少人曾經造訪過我們家。無論是絡繹不絕的訪客或家族的親友，其中有不少人對京都有重大的影響。人與人之間的長久交情，在老友們逐漸凋零時，總會感到莫名的惆悵與哀愁；而那曾有過的歡笑與溫暖人情，總是引人無限懷念與嚮往。

## 與我家淵源深厚的新村出教授

整理東西時意外發現了一張明信片。「唉呀，是老師寄來的明信片，沒想到還留著……」我一邊喃喃自語，一邊看了起來。

今早收到妳寄來的明信片，非常感謝。附上彩色風景畫一張，是我頗欣賞的特納所繪。再者，鄰居的一位老婦人近日來訪，提及前天（三日）晚間九點左右聆聽章子妳與矢內原先生、凱利先生三人的廣播對談，內容十分精采。我因一時疏忽而忘記此事，實在抱歉；至今仍覺得十分可惜。兩人（老人）懊惱之餘耑此。

一九五四年六月五日筆

實在太令人懷念了！畢竟這是新村出教授在三十三年前寄給我的。正如明信片上清楚寫著的，明信片的背面是特納的畫作，而正面則洋洋灑灑的用毛筆寫滿了文字，而且還特地放進信封寄給我。

記得那個時候，教授夫人依然健在，儘管後來她比教授先離開了人世。

明信片上提到的廣播對談，談的是當時在京都教育界掀起軒然大波的旭之丘中學事件。起因是有些教師組織主張將民主主義教育列入教育基本法，並且也在中學的教學活動中實踐這個理念。針對這種教育方式，學校的育友會（由家長與老師組成的委員會）與其他勢力形成了兩派看法；後來，雙方開始為了一些無關緊要的小事爭執不斷，終致演變成一場上對下的大騷動。雖然此事跟我並沒有直接關係，但我由衷希望這場教育界的騷動能早日平息。因此矢內原伊作先生、同志社的奧迪斯・凱利先生跟我才會舉辦這場座談會。

我們對談的內容，主要是將兩方意見做了較具體的討論。矢內原先生和我認為教師們大可不必為了立即實現民主主義教學而如此激烈，可以將眼光放遠，靜觀其變；凱利先生則傾向於採取速戰速決的做法，當行則行。

然而，究竟哪一種做法比較好，並不重要，重點是父親與我兩世代，都有幸得以結識新村出教授。

身為語言研究學家，新村出教授讓偉大的語學大師本居宣長所闡揚的日本國語學，在明治時期之後更為發揚光大。這位在日本的語言史占有一席之地的大師級人物並非土生土長的京都人，而是出身自靜岡。他之所以到京都，並長期在京都大學文學院開設語言學課程，留給後世許多做學問的典範，或許真的是某種緣分吧。

一九四六年（日本昭和二十一年）九月我自東北帝大畢業後，便進入京都大學內舊制的研究所就讀；希望多少補救因戰爭的兵荒馬亂而草草結束的大學課程。過去大學往往會以因為是女性這個無甚意義卻又絕對的理由拒絕女孩子入學。現在，總算能夠進入研究所，吸取各種知識。而在戰爭結束前成立的國語學會[18]，也在步入太平年代後得以蓬勃發展。以名譽教授的名義前來授課的新村出教授，便是在此機緣之下，開始出席京都

新村出紀念館的書齋。來到此地總讓人憶起許多建構起語學世界的大師級人物。（北區小山中溝町）

大學主辦的學會以及其他研討會，指導並鼓勵許多年輕學者從事研究。

現在回想起來，那真是個美好而輝煌的時代。儘管當時物資尚不算充裕，研究會所能提供的餐點，除了「鹿仙貝」那種又粗又難以下嚥的煎餅之外，再沒有其他東西，更別說是可口的飲料；不過，至少已經不用再徵召學生上戰場，也沒有搬運軍需的義務勞動，更看不到四處耀武揚威的軍人了。

當時在京都大學的校園裡，可以看到許多復學兵士的身影。他們穿著拆掉肩章的軍服、軍靴，或是背著軍用背包來上學。這些人當中，有的甚至曾在德國的波茨坦當過中尉或少尉，如今得以遣散回歸校園，不必再提心吊膽的活在戰場上，感覺是多麼輕鬆安心呢。可惜好景不長，隨之而來的種種黨派問題以及清共行動[19]，使得大小事件接二連三發生。京都大學也上演了所謂的「京大事件」[20]。

不過，對我們這個年代的人來說，那彷彿撥雲見日的瞬間所帶來的自由與希望，是讓人永難忘懷的。

新村出教授就是在這樣的時期帶著滿臉笑容來到我們學校。他的博學一如傳聞，令許多莘莘學子滿懷期待。記得某堂專題研究課程中，有人在上台報告時發出豪語，表示做學問就是要不斷超越前人；有機會見到如此優秀且自信滿滿的年輕研究生，想必教授也感到十分欣慰吧。

我第一次見到新村出教授並不是在戰後的京大校園。小時候，我曾跟著父母親前去教授家拜訪；後來決定朝語言學方面研究之後，正好又碰到父親要去找教授，我說什麼也要跟著去。加上後來終於考上東北帝國大學（二次大戰前，女孩子想考進舊制的帝國大學真的比登天還難。尤其在錄取門檻把關得十分嚴格的九州大學與東北大學，入學考試之難更是令人咋舌。英文、國文、漢文、日本史、世界史、經濟、法律、心理、論理，雖說都是容易準備的文科，但對於從未在所謂舊制高中接受過教育的女孩子而言，獨力自修這幾門科目不論如何都是頗重的負擔），我的大學生活是在戰爭中度過的。儘管如此，每次休假返回京都，我一定會到教授家中造訪，當面請教他許多問題。

剛接到東北帝大的錄取消息時，我高興得不得了，立刻飛奔到教授家報告這個好消息。教受知道之後固然高興，卻告訴我一件當時難以想像的事。

「不過啊，在這種動盪不安的時局下，跑去仙台那麼遠的地方念書很不容易啊。只是有件事情讓我覺得很不好意思。就是當初我待在文學院時，廚川白村曾在教學委員會中提議接受女性學生入學。雖然當時贊成、反對意見不一，這個提議卻因為我關鍵性的一票而遭到否決。早知道妳現在為了進大學而跑到那麼遠的地方去，我當初就該贊成的。」

這是在我出生前沒多久的事。而廚川白村先生其實也沒有在京都大學待多久，大正十二年的關東大地震，他便在鎌倉不幸過世了。

「不會吧？」我依稀記得一種強烈的震撼，可惜，當時因為被考上東北帝大的喜悅沖昏了頭，未能像現在這樣去深思教授的這一番話。

這幾十年來，我開始認真的思考女性史的問題；也在東北大學看到一九一三年（日本大正二年）東北大決定招收女性學生，獲錄取的三名女生正準備入學時，文部省（教育部）寄來表示反對的信件。這些事讓我重新思考當年教授透露給我的那番話。當時教授為了反對招收女學生的事，由衷的對我表示歉意。而對我來說，教授肯告訴我這件事，就已經讓我心滿意足了，沒想到他竟然還向我道歉，讓我不知該說什麼才好。至少我知道原來在京都大學文學院的教學委員會中，曾經為了是否該接受女生入學一事進行過討論；從覺得完全沒有希望到發現一線曙光，這已經很值得感謝了。

我寫信給新村出教授的頻率很高，不過跟父親比起來並不算什麼。現在那棟教授曾經住過、我們過去曾前往拜訪的房舍，已屬於新村出紀念基金會所有。教授悉心保存下來的信件書札原封不動的由基金會接管，經過詳細分類整理後，現在的陳列方式一目了然。

父親從剛進京都大學的時候起，就跟教授建立起一種超越師生情誼的友誼了。奇妙的是，教授與父親在年齡上相差兩輪，而父親跟我也正好相差兩輪，所以我們三人的生肖都是屬老鼠的。父親之所以對和紙藝術特別關注，原因之一是之前提到的柳宗悅先生；另一位影響他的就是新村出教授。柳先生的著眼點在於和紙是一門優秀的民俗藝術；新村出教授則把重點放在和紙在文化史上所代表的深遠意義。父親曾是「和紙研究會」的一員，新村出教授當時也參加了這個研究會，好幾次跟父親一同前往考察和紙的製作過程。

我收到不少教授寫來的書信。內容大部分穿插著簡短和歌，精緻且饒富趣味；有時候也會指點一些學問上的迷津。想到從小到大鮮少碰到幾個能像教授這樣照顧我的人，感激之情便不禁油然而生。

其他造訪過新村出教授家的女性，就只有與我同年、且給人深刻印象的天才女演員——高峰秀子小姐了。不過她拜訪的目的與方式和我不同就是了。教授晚年時，我前去拜訪，看到牆壁上的國際牌宣傳海報，「小秀」滿臉笑嘻嘻的，突然有種不太諧調的感覺。

教授過世後，我覺得不該把之前的書信繼續占為己有，因此全部捐贈給基金會處理，希望能讓更多人受惠。而那張偶然發現的明信片，只是意料之外殘存的隻字片紙。或許是神的旨意吧?讓我得以保留這張明信片。我該好好的珍惜它才是。

即便到了現在，我還是能夠經常造訪從前的新村出家。因為剛好新村基金會有意請我擔任理事一職，也讓我有理由光明正大的登門拜訪。那曾經因為放滿太多書而幾乎要傾斜的老宅，經過一番整修後變得富麗高雅。原來的新村老宅，聽說只是把位於鴨川邊的木戶孝允[21]舊宅拆掉後，原封不動的搬到北區的小山附近。木戶宅與新村出宅，兩家的主人都是明治時期了不起的人物。尤其是新村出教授拜其長壽所賜，得以健康的活到戰後；一直到生命的最後，他都堅持貫徹一個學者應盡的責任。

正氣凜然卻又溫柔細心，明辨是非而眼界寬廣；多少學問之所以能開花結果，都是靠著新村出教授紮下的穩固根基。而我們一家父女兩代，也深深蒙受教授的影響。

新村出教授特別鍾愛連翹花，經常到我們位於向日市的家附近欣賞美麗的連翹花叢。這時候母親總會準備簡單的餐點款待教授。當他嚐到軟嫩爽口的食物而連聲稱讚時，連我們都覺得很幸福。

記得有一年陽光稍強的春末五月時節，教授來家裡作客，臨別時我替他撐起洋傘，他卻說：「不好吧，這樣很難為情的。」

看到當時教授臉紅的樣子，大家都笑翻了。後來他在寄給我的明信片上，就寫了一首提及「洋傘」的短歌。

這就是我們一家的精神生活。正因如此，新村出先生也是我們家的重要精神支柱；他的生活中，總有著一些些美好，一些些令人肅然起敬的地方。儘管上一輩的人漸漸凋

二條城東側的大手門。城門上的裝飾一派武士的威嚴，質感厚重的突起無論在造型或結構上都顯得完美無缺。

零，我也慢慢年華老去；回憶往日的一切，仍舊像翻閱古色古香的長篇繪卷一般，令人回味無窮。

譯注

1生子壁：一種表面有凸棱格子花紋的牆壁。

2長屋：江戶時代的大雜院。一棟屋舍區分成數個約三坪大的隔間，供市民或下級武士居住、租借，屋舍之間往往彼此相連成一長串，有些則會將住家與店面結合。

3投扇興：江戶後期流行的新年遊戲，在一公尺的距離外投擲扇子，把置於台座上、名為「蝶」的銅錢串飾打落者為勝利。

4京都大學國語國文：此處國語國文均指日文而言。

5西國札所：供人索取祈願護符的佛教寺院。也接受信眾還願及僧侶遊歷諸札所而奉還的護符，西國三十三間，四國則為八十八間。

6革堂：即位於日本京都市的行願寺，其開祖行圓上人生前喜穿革製衣物，故行願寺又被信眾稱為「革堂」，現以西國觀音靈場的第十九號札所而聞名。

7鄉土人偶：日本自江戶時代始，庶民為裝飾及祈求孩童平安而製作的陶偶，其風格簡單質樸，表情生動。

8 佐土原人偶：日本九州宮崎縣特產的鄉土人偶。佐土原人偶以表情溫和悠閒，衣著色彩鮮豔為特色。

9 食包子：作者所說的是伏見人偶作品中寓意深遠的名作「食包子」，造型為雙手各拿著半個豆沙包的男孩模樣。

10 天神：即菅原道真。管原道真原為日本平安時代著名的學者、政治家，死後被供奉為智慧與學問之神。

11 嵯峨面具：京都嵯峨釋迦堂清涼寺內，每年均會固定演出著名的大念佛狂言，嵯峨面具即為該演出的重要道具；面具由和紙製成，有猿猴、鬼、觀音、老者等二十種傳統造型，有趨吉避凶的作用。

12 「故鄉的殘破家園」：日本戰時傳唱的兒歌，由美國民歌〈My dear old Sunny Home〉改編而成，內容大意為「回到久違多年的故鄉，花鳥風水一如往昔，只是佳人杳無蹤影……過去遊玩的友人已不復在，寂寞的故鄉啊，寂寞的我家啊」。

13 河井寬次郎：1890~1966，日本民間陶藝家。一生致力於發展民間工藝，與柳宗悅、濱田庄司三人，一同為設立「日本民間工藝美術館」而努力。

14 濱田庄司：1894~1978，日本陶藝家。與河井、柳共同發起民間工藝運動，一九六八年獲頒文化勳章，並被指定為日本的「人間國寶」。

15 伯納德．李奇：Bernard Leach，英國陶藝家。與柳、河井、濱田三人過從甚密，作品融合東洋陶瓷與英國傳統，間接對美國現代藝術產生深遠影響。

16 信樂：日本滋賀縣甲賀郡西南地方所產的陶藝品，以樸實之美與茶道精神，深受茶道愛好者好評。

17 伊萬里：日本滋賀縣西部伊萬里灣附近所產的陶藝品。十七世紀由東印度公司出口自歐洲，以炫麗色彩和精細作工，被歐洲貴族視為珍品，並大大影響了歐洲陶瓷。

18 國語學會：一九四四年成立，以研究日本語及促進日文研究人員的交流為宗旨，發行會刊《國語學》。

19 清共行動（red purge）：一九五〇年，被美軍操控的日本政府與企業，大規模強制解僱日本共產黨員及親共份子。

20 京大事件：一九三三年，京都大學法律系教授因撰寫偏共產主義思想的書籍，被當局強制罷免，京都大學的教授和學生群起抗爭，而遭到政府的鎮壓。

21木戶孝允：1833～1877，日本幕府時代末期的政治家。支持倒幕運動，草擬維新政府的中心政策《五條誓文》，並促成大政奉還與廢藩制憲。

# 後記

為了繪製插圖與地圖，我親身走訪歲暮的京都，考察這些地方的確實地點。

十二月十八日　沿著三條通往西行，經過了烏丸丸太町走到烏丸通，這一帶有著許多明治時代具代表性的華美洋樓。京都在率先接受所謂文明開化之後，如往常的將積極進取態度與現代主義融合在沉穩的歷史文化之中，豐富多變的樣貌至今依然深刻而鮮明。

說起我喜歡的建築物，除了書中的插圖以外，還有平安博物館、平安女學院、聖埃格尼斯（St. Agnes）教會、ASUKA、第一勸業銀行京都分店以及北國銀行等。

還有西本願寺傳道院（西本願寺前）、南禪寺的水路閣（疏水橋）、京都淨水場（蹴上地區）、京都飯店・晚宴廳（河原町御池）、長樂館西餐廳（圓山公園）、京都國立博物館（東山七條）等。除此之外，尚有許多數不盡的西式私人住宅和建築。

十二月十九日　從御池町出發經過木屋町往南邊走。這裡東側的人家因為背對鴨川，所以正面入口處大多有露天庭園。不過每一家的建築形式仍然不太一樣。幕府末年以來，許多傳說中寓所的舊址紛紛空了出來，如今多數已改建成洋溢著沉穩靜謐的日本料理店或旅館。

諸如旅館幾松（桂小五郎寓所舊址）、料理旅館津四樓（佐久間象山寓所舊址）、料亭金茶寮（武市半平太郎寓所舊址）、丸木（吉村寅太郎寓所舊址）等，都是如此演變而來。

反觀西側，從御池通的北邊起，過去加賀、長州、彥根、土佐各個藩屬的屋舍櫛比鱗次；幕府時代末期更上演過無數的血腥事件，儘管如此，現在這一帶儼然成為熱鬧的飲食街。

從木屋町出發南行，經過松原橋往東前進。宮川通上的一切永遠是如此引人入勝且充滿驚喜。隨著日光照射角度的不同，質感厚重的破風[1]與纖細的窗稜格子在庭院中映照出各式各樣的光影。

惠比壽神社裡，各色貼紙的鮮豔色彩映入眼中，上面寫著「十日惠比壽。八日、九日宵戎。十一、十二日殘福。商賈繁昌、家內安全[2]」等字眼。蕎麥麵店前貼著「年夜蕎麥麵接受預定」的廣告；收費澡堂外也貼著「二十二日特別提供香柚浴」的告示。

大和大道上車水馬龍擠得水洩不通。好不容易走出四條通，看到南座的招牌被裝飾得格外鮮豔亮麗。真不愧是華麗京都的十二月歲暮風情。

十二月二十日　從四條通出發，到繩手通、門前通、花見小路幾條路逛了一圈；再從錦市場走到綾小路通，朝松原通往北野的方向前進。然後從北野天滿宮繼續信步前往上七軒、西陣、烏丸今出川一帶。

我在今年二月的節分會[3]也去祭拜過菅原天神。前天下的雪讓一朵朵提前綻放的櫻花被冰雪包圍，在溫暖的冬陽下顯得晶瑩剔透。其中我特別喜歡最早綻放的淡黃色櫻花。當其他地方的櫻花仍含苞待放的時節，這兒已洋溢著春天的氣息了。

京都的櫻花處處皆美，難分軒輊，其中最負盛名的就是沿著植物園而建，賀茂川長堤上一整排的枝垂櫻；平安神宮神苑外的枝垂櫻，以及同一個池畔唯一一株開著淺黃色花朵（不知道算不算是御衣黃的一種）的櫻花樹。仁和寺御室[4]裡那株艷黃色的櫻樹，顏色就與它有些接近，透著一股沉著而高貴的氣質。不過最讓人傾心的，還是在那不為人知的山野中默默綻放的櫻花吧。

至於最讓我難以忘懷的，還是南禪寺境內北邊草叢中盛開的一叢叢彼岸花。前幾天在奈良的山邊小徑，看到了六地藏石像周圍一片燃燒的花海。彷佛象徵著那些不論來自何方，最後都將長伴佛祖身旁的世間萬物。

十二月二十一日　逛完東寺附近的大街小巷，最後走進南大門；幸好這一天是「弘法之終」。看看周圍汽車的車牌，發現很多都是由兵庫、奈良、大阪、滋賀等鄰近縣市過來的。寬廣的東寺境內擠滿了攤販與人潮。

這一帶有著許多奇奇怪怪的店家，更奇怪的是竟找不到性質類似的。預防心肌梗塞用的神奇棒（根據標籤上的說明，墊在脖子下睡覺或是夾在兩手間搓動，效果特別顯著）、竹輪燒（用迴轉式的機器邊轉邊烤）、標榜用大口鍋加進花椒子細火慢滷的佃煮[5]店，一升一升論斤秤重拍賣的炒銀杏、中國風箏（還實地表演，讓那些布製的鳥、蝴蝶、金魚、蜻蜓輕飄飄的飛舞空中）。還有少數將抹茶茶碗排在紅色地毯上的傳統老店，以及賣專治香港腳的分指襪、護腕布（就是袖套）等雜貨的店家，愛知縣產的牽絲蓮藕（還是沾著泥土剛收成的），假髮店（一群中年女士圍在那兒忙著試戴），土佐的山菜，女性用的務農工作頭巾、桿弟用的頭巾、防空頭巾，刀具（頗有氣勢的老闆不知道為什麼拿著菜刀，擺起架式凶狠的剁起了厚厚的砧板），正月用的掛軸，貼身內衣堆起的小山（大大寫著「女性襯褲」字樣的吊掛看板，一點兒也不害臊的迎著陣陣驟然吹起的強風，不停旋轉著），天祐靈草大師艾（為了招攬來客而實地表演起艾灸療法，想試灸的人還得排隊），專門賣曲尺，鯨尺等丈量道具的、招財木（厚葉植物的一種）等。在店家與客人之間那種不輸給漫才[6]演員的高分貝討價還價聲中散步、閒逛、吃東西、買東西、偶爾走進寺中參拜神佛，今日之行讓我見識到、也體驗到傳說中悠閒自得的京都生活，以及穿梭在文化古都中善男信女的樣態。

為了完成本書所做的京都之行在此要告一段落了。算起來我在京都也打滾了不少年，但在參與此書而來京都考察的三年中，承蒙壽岳女士帶著我走訪大街小巷，並介紹了許多朋友給我認識，讓我有機會一窺外人所不知的京都生活風貌。京都人日常生活的內涵與形式對我而言，雖然顯得魅力無窮，卻也更讓人難以捉摸。

最後，衷心感謝接受我採訪的人們，以及促成這本書出版的各位。

一九八七年十二月二十六日　澤田重隆

## 譯注

1 破風：屋頂主軸兩端為合掌型的屋頂裝飾。

2「十日惠比壽。八日、九日宵戎。十一、十二日殘福。商賈繁昌、家內安全」：即生意興隆、闔家平安之意。

3 節分會：日本每年二月立春時所舉辦的傳統活動，祈求轉禍為福、五穀豐收，活動中會灑豆子以驅趕惡鬼，保佑平安。

4 仁和寺御室：宇多天皇於仁和四年（西元八八八年）所建的寺廟，由於前後共有三十代的皇族擔任住持，因此又叫作「御室」。仁和寺以櫻花聞名，其花期為全京都最晚。

5 佃煮：用醬油、味醂、酒等調味料滷煮而成的一種日式料理。

6 漫才：興起於關西。兩人一組以滑稽逗趣的問答為主的日本傳統表演。

Rose Hsu
2005. 1/24

【Eureka】2009

# 千年繁華——京都的街巷人生

原著書名——京都 町Nネさぅさフェなかの暮らし
原著作者——壽岳章子
繪　　者——澤田重隆
譯　　者——李芷姍
封面設計——徐 璽
版面構成——徐 璽
主　　編——郭寶秀
特約編輯——張司昀

千年繁華 / 壽岳章子著；澤田重隆繪圖；李芷姍
譯_--初版_-- 臺北市 ： 馬可孛羅文化
出版 ： 城邦文化發行， 2003〔民92〕
面； 公分_--（Eureka；2009）
譯自：京都 町なかの暮らし

ISBN 986-7890-59-0(平裝)

861.6　　92016312

發 行 人——凃玉雲
出　　版——城邦文化事業股份有限公司馬可孛羅文化
台北市信義路二段213號11樓
電話：（02）2356-0933
E-mail:marcopub@cite.com.tw
發　　行——英屬蓋曼群島商家庭傳媒股份有限公司城邦分公司
台北市中山區民生東路二段141號2樓
讀者服務專線：0800-020-299　讀者訂閱傳真：（02）2517-0999
讀者服務信箱E-mail：cs@cite.com.tw
郵撥帳號——19833503　英屬蓋曼群島商家庭傳媒股份有限公司城邦分公司
香港發行所——城邦(香港)出版集團有限公司
香港灣仔軒尼詩道235號3樓
E-mail:citehk@hknet.com
馬新發行所——城邦(馬新)出版集團
Cite (M) Sdn.Bhd.(458372U)
11 , Jalan 30D/146, Desa Tasik Sungai Besi,57000 Kuala Lumpur, Malaysia
E-mail:citeKl@cite.com.tw
製版印刷——中原造像股份有限公司
初版一刷——2003年10月28日
初版六刷——2004年12月30日
定　　價——320元 (如有缺頁或破損請寄回更換)

ISBN：986-7890-59-0 (平裝)
KYOTO MACHINAKA NO KURASHI
Text by Akiko Jugaku
Illustrations by Shigetaka Sawada

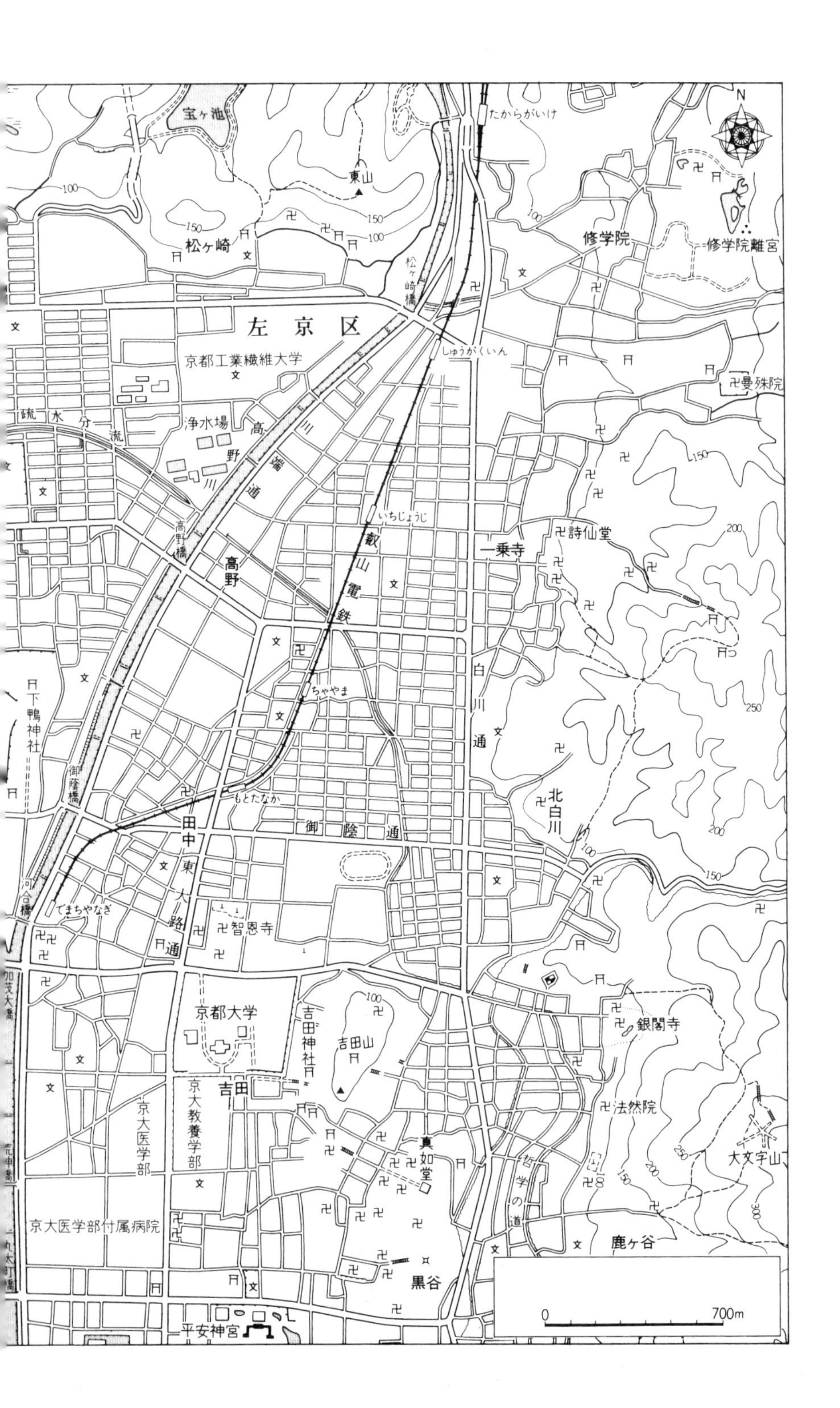

宝ヶ池
たからがいけ
東山
松ヶ崎
修学院
修学院離宮
松ヶ崎橋
左京区
京都工業繊維大学
しゅうがくいん
曼殊院
疏水分流
浄水場
高野川
川端通
いちじょうじ
叡山電鉄
詩仙堂
一乗寺
高野
高野橋
ちゃやま
白川通
下鴨神社
御蔭橋
もとたなか
北白川
田中
御陰通
東大路通
河合橋
でまちやなぎ
智恩寺
京都大学
吉田神社
吉田山
銀閣寺
吉田
京大教養学部
京大医学部
法然院
真如堂
哲学の道
大文字山
京大医学部付属病院
鹿ヶ谷
黒谷
平安神宮
0
700m

# 京都市街図2

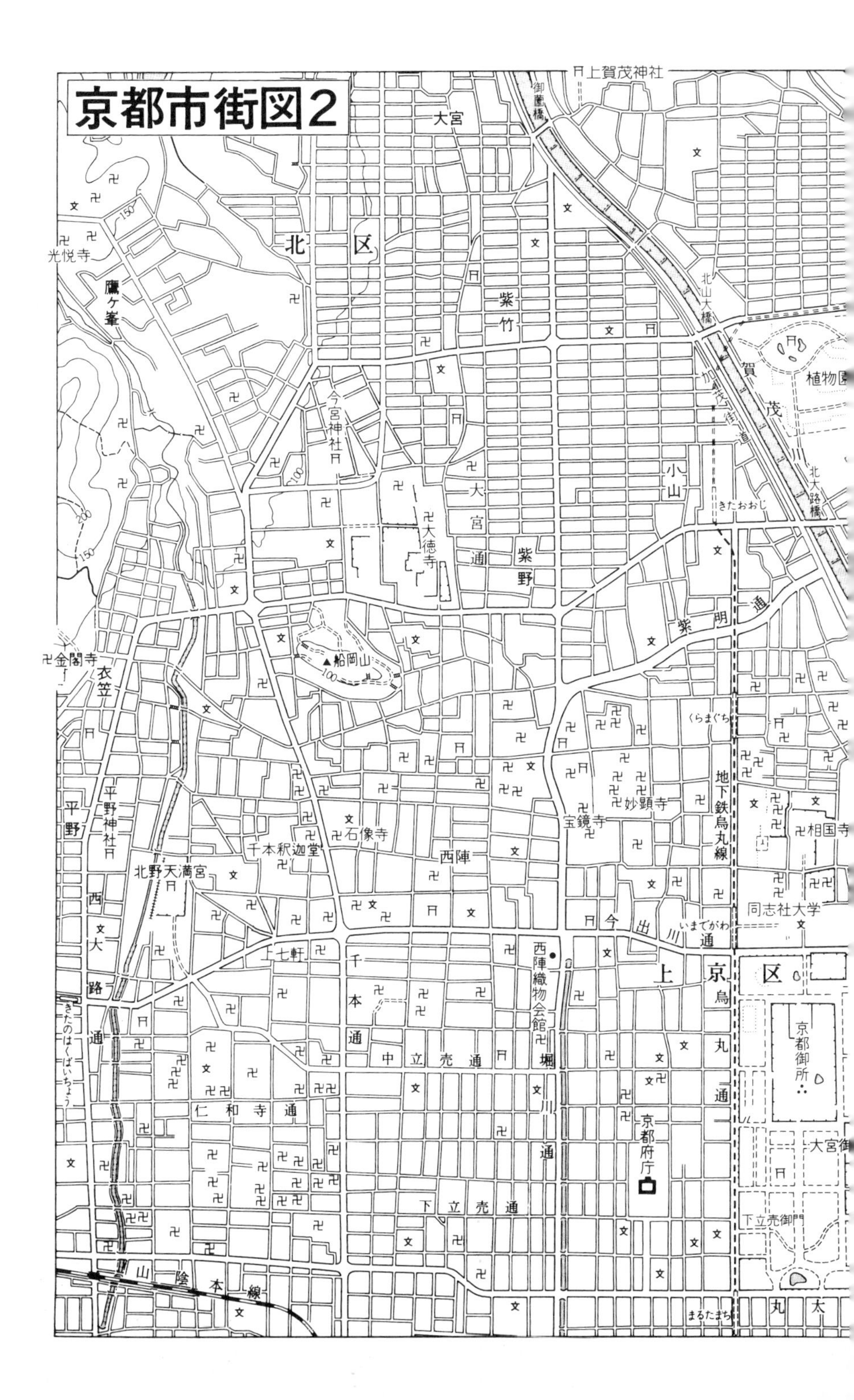

上賀茂神社
御薗橋
大宮
北区
光悦寺
鷹ケ峯
紫竹
北山大橋
植物園
賀茂
加茂街道
今宮神社
小山
北大路橋
きたおおじ
大宮通
大徳寺
紫野
紫明通
船岡山
金閣寺
衣笠
くらまぐち
平野
平野神社
妙顕寺
宝鏡寺
地下鉄烏丸線
相国寺
石像寺
千本釈迦堂
西陣
北野天満宮
同志社大学
今出川通
いまでがわ
西大路通
上七軒
千本通
西陣織物会館
上京区
烏丸通
京都御所
きたのはくばいちょう
中立売通
堀川通
仁和寺通
京都府庁
大宮御所
下立売通
下立売御門
山陰本線
まるたまち
丸太